Manfred Theisen • Fabrice Boursier

NERD FOREVER

Im Würgegriff der Schule

cbj

DER AUTOR

Manfred Theisen wurde 1962 in Köln geboren. Er studierte Germanistik, Anglistik und Politik, forschte zwei Jahre für das deutsche Innenministerium in der Sowjetunion und leitete eine Kölner Zeitungsredaktion. Heute lebt er als freier Autor in Köln. Manfred Theisen traf den 14-jährigen Fabrice Boursier bei einem Schreibworkshop. Aus dieser einmaligen Zusammenarbeit entstand *NERD FOREVER – Im Würgegriff der Schule.*

DER ILLUSTRATOR

Fabrice Boursier wurde 1998 geboren und besucht zurzeit die Johann-Gutenberg-Realschule in Langenfeld. Neben seiner Begeisterung fürs Zeichnen kennt er sich an der Konsole aus (wie ein echter Nerd) und ist vor allem Japan-Fan. Irgendwann will er dorthin reisen und sich das Land des Mangas mal von Nahem anschauen. Fabrice Boursier traf den Autor Manfred Theisen bei einem Schreibworkshop – aus dieser einmaligen Zusammenarbeit entstand Fabrices erstes Buch *NERD FOREVER – Im Würgegriff der Schule.*

Manfred Theisen

NERD FOREVER

Im Würgegriff der Schule

Mit Illustrationen von
Fabrice Boursier

cbj

cbj
ist der Kinder- und Jugendbuchverlag
in der Verlagsgruppe Random House

MIX
Papier aus verantwortungsvollen Quellen
FSC® C005833
FSC
www.fsc.org

Verlagsgruppe Random House FSC® N001967
Das für dieses Buch verwendete
FSC®-zertifizierte Papier *Tauro* liefert
Sappi, Stockstadt.

2. Auflage
Erstmals als cbj Taschenbuch Mai 2013
Gesetzt nach den Regeln der Rechtschreibreform

Illustrationen: © Fabrice Boursier
Umschlaggestaltung:
© init.büro für gestaltung, Bielefeld,
unter Verwendung mehrerer Illustrationen
von Fabrice Boursier
he · Herstellung: CZ
Satz: KompetenzCenter, Mönchengladbach
Druck und Bindung: Těšínská tiskárna, a.s., Český Těšín
ISBN: 978-3-570-22393-2
Printed in Czech Republic

www.cbj-verlag.de

Kapitel 1

Nenn mich Nerd!

Sie nennen mich Nerd. Meine ganze Familie heißt so.

Denn wir sind die Nerds:

Marc Nerd,

Mia Nerd,

Ich Nerd und meine Schwester Extreme Nerd, die eigentlich Sarah heißt, aber extrem nervt.

Wir tragen alle Brillen, denn wir vertragen keine Kontaktlinsen. Wir vertragen auch keine Milch, nur Soja.

»Nerd, komm bitte! Sarah und ich warten!« Meine Mutter legt großen Wert darauf, dass wir zusammen frühstücken, ehe wir uns vor unsere Computer setzen.

Ihr wundert euch bestimmt, dass ich von morgens bis abends vor dem Bildschirm abhängen darf und ihr bei Wind und Wetter in die Schule müsst. Selbst die Hochbegabten müssen in die *Albert-Einstein-Hochbegabtenschule* im Osten der Stadt. Aber ich

nicht. Und das ist mir erlaubt, weil ich extrem höchstbegabt bin, mit meinem fotografischen Gedächtnis die Texte scanne und jedes halbe Jahr von Schulinspektor Professor Pisa getestet werde.

Zwei Beispielfragen:
1.) Wie viel ist 612 : 36 × 417
2.) Warum tragen die sieben Zwerge Zipfelmützen?
Antwort:
1.) Zweihundertvierzigtausendeinhundertzweiundneunzig
2.) Weil die Zwerge Bergleute sind. Die Mützen schützen sie davor, dass sie sich in den niedrigen Stollen die Köpfchen stoßen.

Sollte ich den Test mal verhauen, müsste ich am nächsten Tag sofort zur Schule. Einigen Nerds passiert genau das. Ich habe auf YouTube Videos davon gesehen. Es ist schrecklich. Ich möchte euch diese Bilder ersparen …

Am wichtigsten sind für Professor Pisa jedoch nicht Mathematik oder Englisch, sondern STILLSITZEN!

Das ist mein Hauptfach. Ihr kennt das aus eurer Schule. Papa hat mir deshalb eigens einen Bewegungsmelder konstruiert. Der sieht aus wie ein handgroßer Türsteher und thront auf meinem Schreibtisch. Er hat ein Kabel im Rücken, der an die USB-Schnittstelle hinten am PC geklemmt wird. Sobald ich aufstehe oder nur einen Furz lasse, schreit er mich an: »Ruhe! Setzen! Still sein!«

Ihr hört also, ich brauche keinen Lehrer. Mein Türsteher macht das schon!

Zudem ist in meinem Stuhl ein Zeitmesser eingebaut, den Pisa kontrolliert. Er sieht ein bisschen so aus wie der Stromzähler bei euch im Haus.

Im Moment aber liege ich noch im Bett und der Türsteher guckt gelangweilt mit den Händen in den Hosentaschen zu mir rüber. Und Mama kann so lange rufen, wie sie will. Warum? Weil ich den verfluchten Darth-Vader-Wecker nicht ausgeschaltet bekomme. Dazu muss ich erst vier aufleuchtende farbige Knöpfe unter Vaders Maske in einer bestimmten Reihenfolge drücken, die sich ständig ändert. Das ist echt schwer morgens um 7.35 Uhr, wenn dein Hirn noch eine frisch formatierte Festplatte ist.

Die Weckkonsole ist gnadenlos. Darth Vader hat kein Herz und kein Mitleid. Wieder ruft er: »Angriff! Tod dir, Jedi-Ritter! Du Versager, wach endlich auf!«

Nach gefühlten Trillionen Versuchen gelingt es mir, trotz Schwierigkeitsstufe hundert, ihn zu besiegen. Ich schlage dreimal kurz hintereinander auf die blaue, dann zweimal die gelbe, wieder die gelbe und einmal jeweils die grüne und die rote Taste.

Geschafft!

Ein normaler Junge hätte das nicht gepackt. Probiert es mal! Falls es euch gelingt, seid ihr auch extrem höchstbegabt und dürft getrost auf die Schule verzichten. Schreibt mich an, ich besorge euch dann noch ein Duplikat vom Türsteher, damit ihr STILLSITZEN! lernt.

Darth Vader sagt jetzt unterwürfig zu mir: »Nun hast du die Macht. Beginne den Tag, Gebieter!«

Ich hebe den Daumen, schlurfe ins Bad und werfe mir warmes Wasser ins Gesicht.

Die Zahnpaste schmeckt nach Himbeerkaugummi wie die der Hobbits im Auenland. Und beim ersten Ausatmen riechst du wie

Bilbo Beutlin unterm Arm – ekelig nach Kuhkacke! Deshalb verziehe ich angeekelt das Gesicht, als ich ausatme. Es ist ein rundliches Gesicht. Nicht so rund wie eine Radkappe, aber auch kein Oval wie ein Ei. Genau genommen ist es 12,4 Zentimeter breit und 19 Zentimeter hoch.

Damit ihr euch ein genaues Bild von mir machen könnt, verrate ich euch noch: Meine Nase sticht 1,6 Zentimeter hervor und meine Lippen sind weder dick noch dünn, genau wie meine Ohren mit einem Durchmesser von 2,8 Zentimetern weder groß noch klein sind. Einzig meine Füße lassen darauf schließen, dass ich mal außergewöhnlich groß werde. Ich brauche jetzt schon Schuhgröße 40 1/2. Ich bin also eigentlich ein ganz normaler Junge, halt nur anders.

Mama und meine Schwester sitzen schon in der Küche, als ich endlich eintreffe.

Mama guckt aus dem Fenster. Sie sagt: »Es ist ein schöner sonniger Tag.«

Typisch meine Mutter! Ungenau! Es ist nicht nur ein schöner sonniger Tag, sondern mit 28,8 Grad wird es laut wetter.de der heißeste Montagmorgen im Mai in den vergangenen 17 Jahren.

Papas Platz mir gegenüber ist noch frei, weil er am längsten von uns arbeiten kann. Als er das Fahrstuhlprogramm für das welthöchste Hochhaus (828 Meter hoch) in Dubai geschrieben hat, hat er sechs Tage nichts gegessen und nur Doppelpower-Energie-Drinks geschluckt.

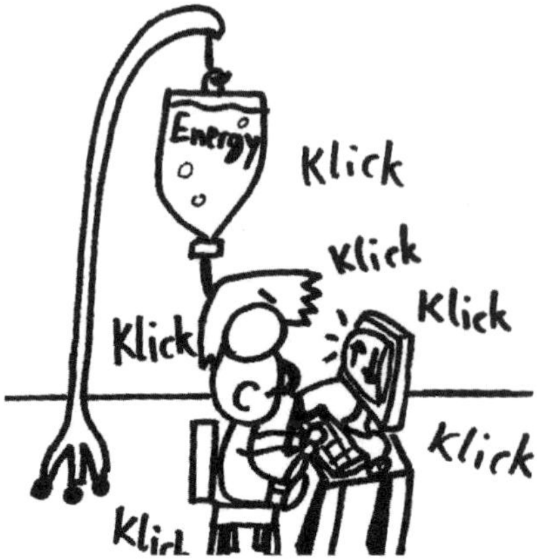

Immerhin musste er 57 Aufzüge so aufeinander abstimmen, dass man überall in kürzester Zeit von einer Etage zur anderen kommt. Dabei hat er den »Dauerdurcharbeitrekord« geknackt. Schaut mal ins Guinnessbuch. Die Ex-Nummer-eins, der kleine siebenjährige Raj Kumar, Teppichknüpfer aus Indien, ist nur noch auf Platz zwei. Vielleicht habt ihr ein Hemd oder eine Hose von Raj. Ihr erkennt es an dem winzigmikrokleinen Schildchen:

MADE IN INDIA by LITTLE FINGERS

Papa hat sein Zimmer im zweiten Stock. Es ist ein extrem hohes Zimmer, das oben aus dem Dach ragt wie ein Spaceshuttle. Es ist deshalb so hoch, weil Papa eine Modell-Aufzugbahn besitzt. Die ist so ähnlich wie eine Märklin-Eisenbahn, nur eben senkrecht. Darin lässt er Tag und Nacht Figuren auf und ab, kreuz und quer durch Hochhäuser fahren.

Er hat Tausende von Comics und Postern an den Wänden. Und über allem schwebt Meister Yoda und spricht:

»Vergessen du musst, was früher du gesagt.«

Das ist Papas Reich, das wir nur zu Nerd-Feiertagen, wie dem Kinostart des ersten *Star Wars*-Films (25. Mai 1977) und dem Geburtstag von Computererfinder Konrad Zuse (22. Juni 1910), betreten dürfen. Ansonsten ist sein Zimmer verbotene Zone.

Kapitel 2

Als mir Papa das Laserschwert überreichte

Ich sitze also an unserem Küchentisch mit Mama und meiner Schwester und wir warten auf Papa. Auf der Fensterbank steht unser Kaktus und wartet nicht auf Wasser. Kakteen sind wie Nerds. Sie bewegen sich nicht und mögen keine Berührung. Darum ist der mexikanische Kaktus (lateinischer Begriff: *cactus mexicanus*) unser Wahrzeichen.

Unser Tisch ist quadratisch, weil das Quadrat die perfekte Form ist. Alle Seiten sind gleich lang, wie ein Computerchip, und wenn du auf deiner Seite genau in der Mitte sitzt, hast du beim Essen genug Platz für deine Ellbogen.

Papa kommt. Er ist schlank und hoch wie ein Leuchtturm, trägt Jeans und Batman-T-Shirt. Unter dem Shirt hat er ein zweites langärmeliges grünes T-Shirt. Das machen Nerds in seinem Alter so. New Nerds wie ich können anziehen, was sie wollen. Manchmal trage ich sogar einen Känguru-Pulli. Da kannst du den Kopf mit einer Kapuze bedecken und gleichzeitig deine Hände vorne in die Taschen stecken. Das ist praktisch.

Ich bevorzuge aber in der Regel Hemden, weil diese auf Kante zu bügeln sind, ganz gerade. Darauf ist auch kein Batman oder so was, sondern höchstens ein Ork, der kleine Hobbit, Yoda oder Eragon abgebildet. Papa hat keinen Bart. Wenn ich mal alt genug bin, trage ich einen Bart wie Santa und bringe mir selbst die Geschenke – kleiner Scherz! Nicht ernst gemeint, denn wir Nerds hassen Bärte. Ihr tut das hoffentlich auch. In ihnen verfangen sich nämlich Chips, Flips, Zahnpaste, Bolognese-Soße und Suppe. Das einzig gute an Bärten ist, dass du als Bartträger immer weißt, wohin mit deinen Popeln.

Papa setzt sich und schaut Mama an. »Liebe Mia, ich musste noch den Artikel über die neue Bambus-PC-Mouse ins Netz stellen.« Papa schreibt nebenbei für das Onlinemagazin *The New Nerd* und ist da für die Gadgets zuständig. Gadgets sind solche Sachen wie mein Türsteher, irgendwelche kleinen technischen Spielereien. Das kann auch eine Paniktaste auf der Tastatur sein oder ein kleiner Tannenbaum für den Rechner. Sie werden meistens hinten an die USB-Buchse vom PC angeschlossen. MEISTENS! Denn einige laufen auch auf Batterie. So mein Darth-Vader-Wecker, den ich zurzeit für Papa teste. Davor hatte ich einen Wecker, den ich erst fangen musste, um ihn auszustellen – und davor

einen, den ich nur mit einer Laserpistole zur Ruhe bringen konnte. Ich musste dem Ork genau zwischen die Augen zielen.

Papa sagt: »Und? Wo ist das Warme-Sojamilch-Müsli?«

Da klingeln auch schon die Mikrowellen – Mamas Mikrowelle, meine Mikrowelle, Papas Mikrowelle und die meiner Schwester. Deren Klingeltöne ergeben gemeinsam eine kleine Melodie.

Siiiii!-liiiiii!-ziiiiii!-uuuuum!

Ich bin *uuuum!* Die Melodie ertönt nicht nur, wenn das Frühstück fertig ist, sondern auch, wenn unsere Computer hoch- und runterfahren oder der Mann von Bofrost an der Tür klingelt.

Meine Schwester tritt mich unter dem Tisch. Verdammt! Sie hat mein Schienbein erwischt. Ich könnte schreien oder weinen, aber ich tue so, als ob nichts wäre. Wenn ich ihr zeige, dass ich

Schmerzen habe, werden ihre Zähne wachsen, wie beim weißen Hai die Beißer, und sie wird mich wieder treten. Ich bleibe also hart, friere meine Gesichtsmuskeln ein.

Habt ihr auch eine Schwester? Falls ja, dann wisst ihr, wie es ist, ein Bruder zu sein. Wer Sarahs Herz mal erobern sollte, der wird auch keine Probleme mit dem Todesstern haben.

Wie meine Schwester aussieht?

Ihre Haare sind ein bisschen länger als meine und ihre Fingernägel viel länger. Wehren wäre also Wahnsinn! Ich frage mich manchmal, warum die Haare und die Fingernägel bei Mädchen schneller wachsen – und ich frage mich, wie sie einen Intelligenzquotienten (IQ) von 196 haben kann. Meine Schwester mag jedenfalls keine Jungen, obwohl sie langsam Jungen mögen müsste. Schließlich ist sie fast dreizehn Jahre alt und sie hat schon zwei Fett-Polster auf der Brust, trägt Förmchen, die sich unter dem Sweater abzeichnen und baut gerne Kampfroboter. Zudem spielt Sarah gegen Mamas Willen online Gitarre in einer Nintendowii-Hardrockband, gemeinsam mit ihren wilden Kampfschwestern von den Meerschweinchenfresserinseln in Indonesien. Auf YouTube gibt es Videos zu den Songs:

Ugly Monsters!

Horror! Horror! Und noch mal Horror SHOW!

Kill my little nerdy brother!

Und sie steht auf Browser-Ballerspiele jeder Art.

Ansonsten mag sie Mangas und ist ein Fan von *Sternensamurai Oshikantu*, der mit seinem magischen Schwert die Dämonen des Alls besiegt, aber in der normalen Welt ein Waisenjunge ist, der in Tokio zur Schule geht und einen IQ von 247 hat.

Wieder tritt mich meine Schwester.

Ich muss daran denken, wie sie vor zwei Monaten meinen Roboter XG3 mit ihrem weiblichen Roboter Pinki Panza zerstört hat. Es ist eine lilafarbene Kampfmaschine mit zwei Greifzangen als Händen, die Metall wie Papier zerschneiden. Die beiden Zöpfe ihrer Robota sind aus geflochtenen Stahlseilen und tiefrosa angestrichen. Sie umschlangen XG3 und würgten ihn, bis die Schaltkreise durchbrannten. Bei Vernichtung eines Gegners leuchten die Augen von Pinki Panza blutrot auf.

Seither baue ich keine Roboter mehr.

Wieder tritt sie mich. Ich rechne: Das Frühstück dauert im Schnitt 8,5 Minuten. Falls sie mich acht Mal pro Minute tritt, erhalte ich noch 58 Tritte. Falsch, jetzt sind es nur noch 57.

Ich verliere die Geduld. »Hör auf!«

Sie grinst mich breit an, schüttelt den Kopf und tritt erneut zu.

Die Sonne fällt sommerlich durch die Jalousien und mein Schienbein wird blau.

Papa möchte nicht nur essen, sondern sich auch noch unterhalten. Normalerweise posten wir sämtliche Informationen. Aber Papa ist noch ein Nerd von früher, als Nerds noch in Gruppen lebten und zusammen *Star Wars* oder *Star Treck* im Kino schauten. Heute lebt jeder Nerd für sich und chattet darüber mit seinen Freunden. Eins haben wir völlig eliminiert: die Draußenwelt. Wir leben *indoor*. Ich kann alles online kaufen. Und obendrein habe ich in meinem PC noch Freunde überall auf der Welt, im ganzen WWW.

Meine übrigen Freunde kenne ich nicht. Es sind 84.398.912. Warum es so viele sind? Weil ich vor einem Jahr mit Mamas Facebook-Freundschaftsanfrage-Algorithmus alle User auf der Welt angefragt habe. Mama wollte es so. Sie hat Angst, ich könnte mich einsam fühlen. Sie beschäftigt sich mit Lösungsprogrammen für Traurig- und Einsamkeit.

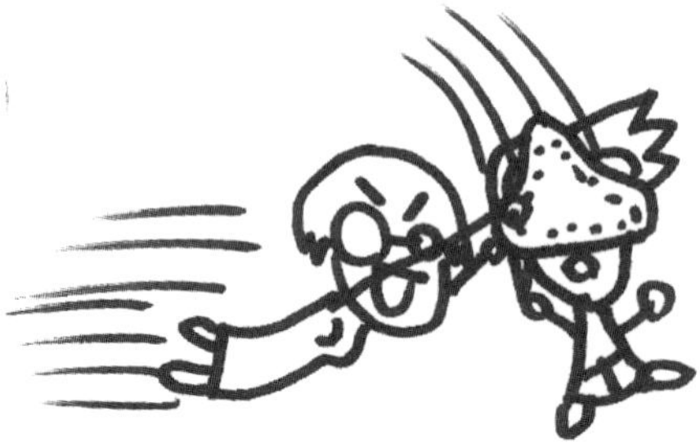

Mein bester Freund wohnt im Auenland. Ich habe ihn hinzugefügt, nachdem ich *Der kleine Hobbit* gesehen habe. Seither chatten wir jeden Tag. Er heißt Bilbo Beutlin und nennt seine Schwester »The fiesemiese Gollum«. Bestimmt wird er auch von seiner Schwester getreten, so wie Sarah es gerade wieder versucht, aber nur das Tischbein erwischt. Sie lächelt mich an und zischt mir zu: »Hätte ich dein Gesicht, würde ich mir eine Hose darüber ziehen.«

Ich tue so, als hätte sie mich getroffen, wimmere ein leises »Aua«.

Sie ist zufrieden!

Bilbo weiß alles über Auenland, Mittelerde und gollumartige Wesen mit langen Fingernägeln, die sich SCHWÄÄÄÄÄSTER nennen! Und er besitzt noch immer den EINEN RING. Damit meine ich nicht einen der vierzig Ringe, die Peter Jackson für seinen Film *Der Herr der Ringe* hat schmieden lassen, sondern den EINEN RING, den SCHATZZZZZZZZZ.

Ich vermute, er ist genauso hochbegabt wie ich und genauso alt, nur ein bisschen kleiner. Bilbo ist speckig, trägt Kniehosen, an seiner Jacke sind Messingknöpfe, und er ist drei Fuß und Sechs Zoll hoch, was 99,06 Zentimeter entspricht. Er spricht perfekt Elbisch und Hochmittelelbisch, so können wir am PC gegeneinander Elben-Scrabble spielen.

Wieder macht es KLOCK! KLOCK! KLOCK! Meine Schwester tritt das Tischbein! Ich mache ein schmerzverzerrtes Gesicht, als hätte sie mich getroffen. Vater stützt die Ellbogen neben der Müslischale auf und fragt mich: »Willst du ein neues Gadget testen?«

Ich sage »Ja«, obwohl ich gerade keine Zeit hab, denn ich muss meine Studien über neue Energiequellen fortsetzen. Damit werde ich später mal den Nobelpreis für Physik gewinnen. Ganz sicher! Denn ich habe eine neue Energiequelle gefunden: das Licht! Und zwar geht es um jene Energie, die dabei frei wird, wenn in einem virtuellen Würfel-Spiegelraum im Netz Laserstrahlen aufeinandertreffen. Das ist völlig ungefährlich und

diese Energie wird die Welt verändern. Ich werde dadurch nicht nur berühmt, sondern auch reich wie ein Scheich.

Papa ahnt, dass ich eigentlich keine Zeit habe. »Oder soll ich das neue Gadget lieber deiner Schwester Sarah geben?«

Nein, nie! Sarah kann keine Gadgets beurteilen. Denn was uns Jungen- von den Mädchennerds unterscheidet, sind nicht nur die Haare oder Fingernägel, sondern auch der Spielwitz. Mädels haben einfach keinen! Wenn sie spielen, dann spielen sie mit Puppen. Sogar Sarah, obwohl ihr Spiel immer heißt: *Ken vs. Barbie.* Ich weiß, eure Schwestern spielen vermutlich andere Spiele: *Barbie und Ken bauen ein Haus* oder *Barbie kriegt Kinder* oder *Barbie als Oma* oder *Barbie im Altersheim*. Das hat

Sarah auch mal gespielt und überall kleine braune Punkte auf ihre Barbie gemalt. »Was sind das für Punkte?«, habe ich damals gefragt. »Altersflecken«, war Sarahs Antwort.

Und ein solches Mädchen soll Gadgets testen?

»Nein, ich teste das Gadget gern, Papa«, sage ich.

»Du wirst es mögen«, meint Vater. »Es ist Oshikantus magisches Laserschwert. Es sagt dir die Zukunft voraus.«

Sarah guckt sofort neidisch. *Sternensamurai Oshikantu* ist schließlich ihr Lieblingsmanga. *Klock! Klock! Klock!* macht es unter dem Tisch.

Meine Schwester wird sich noch einen dicken Zeh am Tischbein treten.

Sarah ist stinksauer. Da sagt Sarah freundlich zu Papa: »Ich würde es auch gerne haben.«

»Aber wir haben nur eins. Und weil dein Bruder immer die Gadgets testet, sollte er …«, dann schaut er mich an, »… oder willst du Oshikantus Schwert an Sarah abtreten?«

Ich schüttle den Kopf, schlürfe weiter mein Müsli und höre nur noch ein gewaltiges *KLOOOOOOOOCK!* unter dem Tisch.

Im selben Moment verliert Sarah das Gleichgewicht, kippt zur Seite, reißt dabei das Müsli vom Tisch und fällt vom Stuhl. Typisch! Sie hat versucht, sich an ihrer Müslischale festzuhalten.

Nun liegt sie auf dem Boden und das Müsli läuft warm über ihre beiden Förmchen.

Kapitel 3

Die Computer-Katastrophe!

Das ist mein Leben! Zieht man mal meine idiotische Schwester ab, bin ich glücklich: mit meinen Eltern, meinem PC und mir. So wie ihr glücklich seid mit euren Computern und euch und vielleicht sogar mit euren Eltern. Alles war gut. Doch Oshikantus Laserschwert-Gadget sollte Folgen haben – unabsehbare und unvorhersehbare Folgen, folgenschwere Folgen.

Denn um Punkt 11.37 Uhr geschah die Katastrophe. Während ich mit Bilbo Beutlin Elbenscrabble spiele und mir zu dem Wort *groth* (es heißt soviel wie »unterirdische Behausung« in der Elbensprache) nichts zum Anlegen einfällt, fliegt die Tür auf. *Pääämmm!* Und Sarah platzt in mein Zimmer.

Der Türsteher schlägt sofort an. »*Ruhe! Setzen! Still sein!*«

Ehe ich reagieren kann, schießt Sarah wie ein Pfeil auf mich zu und greift nach Oshikantus Laserschwert, das bislang blau und ruhig an meinem PC leuchtete.

»Pass auf! Es steckt noch in der …« Ich komme nicht mehr dazu das Wort »USB-Buchse« zu sagen, da zieht sie schon wie wild am Kabel und reißt den Computer zur Seite. Der bekommt Übergewicht und …

… stürzt ab …

… direkt auf den Fußboden.

Es gibt einen lauten Knall, entsetzt schaue ich auf den Bildschirm.

Statt Bilbo sehe ich nur noch ein kurzes Aufblitzen, als würde die Enterprise mit zehnfacher Warpgeschwindigkeit im Welt-

raum verschwinden – und dann ist alles weg, der Bildschirm dunkel wie eine sternenlose Galaxie.

Der Türsteher verstummt, Bilbo Beutlin ist in den unendlichen Weiten des WWW verschwunden, und von einer auf die andere Sekunde bin ich alleine.

Kein Kontakt mehr.

»Wo-wo-wo bist du?« Sarah spottet und hält Oshikantus Schwert in der Hand. »Es hätte dir sicher sagen können, dass das passiert. Du bist echt eine Schnarchnase!«

Ich könnte heulen und starre auf den Elektroschrott.

»Hast du schon mal versucht, ihn einfach auszuschalten und neu hochzufahren?«, sagt sie und kann sich nicht mehr vor Lachen halten.

Angelockt durch den Krach, steckt meine Mutter den Kopf in die Tür. Als sie meinen kaputten PC sieht, geht sie sofort wieder weg. Sie mag keine Probleme, die sie nicht lösen kann. Und dazu zählen auf jeden Fall die Probleme zwischen mir und meiner Schwester.

»Du bist schuld«, sage ich zu Sarah.

»Och, ich bin schuld. Das ist ja furchtbar. Ich zitiere deinen Liebling Yoda: *Viel zu lernen du noch hast.*« Sie lacht mich aus …

… und rennt so schnell sie kann in ihr Zimmer. Ich versuche sie festzuhalten. Vergebens! Sarah ahnt, was ich vorhabe: Ich will ihren PC. Und obwohl es mir gelingt, in ihr Zimmer zu schlüpfen, habe ich keine Chance, denn Sarah fährt plötzlich ihre Nägel wie Schwerter aus und sagt: »Begonnen der Angriff der Klonkrieger hat.« Sie meint es ernst.

Ich versuche es auf die sanfte Tour, bitte sie, ob ich mal ihren PC benutzen darf.

Am Ende knie ich mich demütig vor sie hin. Das muss funktionieren. Sie kann doch kein Herz aus Hartplastik haben.

Falsch gedacht!

Statt mir zu helfen, pfeift sie laut mit den Fingern, und schon rumpelt es in ihrem Schrank. Die Türen fliegen auf und heraus stampft Pinki Panza, direkt auf mich zu. Ihre Scheren sind riesig und klappen auf und zu, auf und zu. Was soll ich tun? Ich renne raus, werfe die Tür hinter mir zu und

höre erneut ein lautes Pfeifen. *Rums! Rums! Rums!* Pinki Panza rast von der anderen Seite gegen die Tür. Wieder Sarahs Pfiff. *Rums!* Noch mal und noch mal. Und wieder und wieder. Pinki hört nicht auf ihre Schöpferin.

»Bleib endlich stehen! Du blöder Misthaufen! Ich säbel dir die Beine ab, wenn du nicht damit aufhörst!« Dann höre ich nur noch ein *Crash! Puff! Bang!!!!*

Und es ist still.

Zu still im Flur. Denk nach, Nerd! Denk nach! Was soll ich machen? Mein PC ist kaputt und ich fühle mich plötzlich allein. Ich brauche einen PC.

Meine letzte Hoffnung ist Papa.

Ich klopfe an seine Tür, zuerst leise, laut, lauter – er öffnet: »Komm rein.«

Papa hat schon eine Powerpoint-Präsentation für mich vorbereitet, weil ihm Mama bereits meinen Schicksalsschlag gepostet hat. Anhand einiger eindringlicher Bilder beweist er mir, dass ein Nerd seinen PC nicht verleihen darf, weil das bislang immer Unheil gebracht hat.

»Aber ich habe keine Freunde mehr, sie sind alle im WWW. Du musst mir helfen.«

Papa zuckt mit den Schultern. »Bestell doch einfach einen neuen PC. In zwei bis vier Tagen wird er geliefert.«

Ich sage ihm, dass ich nicht so lange alleine sein möchte. »Ich brauche meine Freunde aus dem Netz und ich brauche das Netz, sofort.«

»Ich verstehe dich«, aber er verweist auf seine Powerpoint-Präsentation.

Ich muss mir also etwas ausdenken.

Kapitel 4

Der *Pizzablitz* nimmt kein galaktisches Geld

Und da bin ich: ein Nerd ohne PC, ein Nerd ohne Kabel zur Welt, ein Nerd, allein und verlassen im Kerker der Verzweiflung. Wie kommt ein Nerd wie ich nur ohne Computer blitzschnell an einen neuen PC und zu seinen Freunden? Ich muss ins *Real Life* – ins wirkliche Leben, in die City – und genau da muss ich in einen Computerladen.

Aber wie komme ich dahin? Schließlich lebe ich nur *indoor*, nie *outdoor*. Geh logisch vor, Nerd!

Die einzigen Kontaktpersonen zum *Real Life* sind: der Postbote, der Bofrostfahrer und der Pizzabote. Denn außer Mikrowellenessen und Pizza nehmen wir nichts zu uns. Doch da der Postbote mal früher, mal später kommt und heute Mittwoch ist und der Bofrost-Mann immer nur dienstags bei uns klingelt, muss ich mir eine Pizza bestellen.

Gesagt getan.

Zehn Minuten später knattert er auf seinem Moped heran. Sein roter Pizzablitzhelm mit der Aufschrift *Pizza & Pasta* glitzert unter der Sonne. Es ist ein heißer Tag. Ich muss mit der Rechten meine Augen beschirmen, um sein Gesicht zu erkennen. Es ist rund und seine Nase dick wie ein Joystick. Aber er will mir

nicht helfen. »Ich bin nicht dafür zuständig, dich auch noch in die Stadt zu fahren.«

»Aber ich brauche Ihre Hilfe.«

Er sagt: »15 Euro«, und hält die Hand auf.

»Nehmen sie auch galaktische *credits*?«

Er schüttelt den Kopf.

»Silberpfennige aus dem Auenland? Oder Saurons Augentaler?«

Er schüttelt den Kopf.

Was erwartet er von mir? Warum nimmt er mein Geld nicht?

Da kommt Mama und gibt mir 15 Euro. »Das will der Pizzabote.«

Ich verstehe.

Das Wort *Euro* ruft meine Schwester auf den Plan. »Wenn Nerd 15 Euro kriegt, will ich auch 15 Euro.«

Mama möchte jeden Streit vermeiden und gibt auch meiner Schwester Geld.

Die sagt: »Ich will mehr!«

Mama ist jetzt sauer, richtig sauer. Streit ist schon schlimm für sie, aber Ungerechtigkeit ist der T-Rex unter den Abscheulichkeiten für Mama. Sie findet auch schnell eine Lösung und drückt nicht nur meiner Schwester, sondern auch mir noch mehr Euros in die Hand.

»Was ist denn hier los? Was soll das Geschrei?« Papa taucht auf dem Flur auf. »Wie soll ein Nerd so arbeiten können?«

Sarah sagt: »Nerd geht ins *Real Life*.«

»Ins *Real Life*? Unser Kind?«

Der Pizzabote schaut meine Schwester erstaunt an. Klar, ihm muss das Wort *geht* in diesem Zusammenhang merkwürdig vorkommen. Deshalb sage ich: »Nein. Ich *gehe* nicht, sondern ich *fahre* ins *Real Life*. Schließlich muss ich endlich Kontakt zu meinen Freunden herstellen.«

»Was meinst du mit *Real Life?*«, fragt mich der Pizzabote.

»Draußen. Die Welt hinter der Tür. Dort, wo Menschen wie Sie leben und Pizzas von einem Ort zum anderen fahren.«

Das Gesicht des Pizzaboten ist völlig verzerrt. Vermutlich nennt ihr seinen Zustand *baff!* Papa geht zurück in sein Zimmer zu seiner Arbeit, Mama geht zurück in ihr Zimmer zu ihrer Arbeit, nur meine Schwester bleibt und zischt mir fies ins Ohr: »Das wirst du nicht überleben. Da draußen im *Real Life* lauern Monster.«

Ich steige hinten auf die Maschine in den Pizzaaufbewahrungskasten. Schlimmer als meine Schwester können die Gollums dieser Welt auch nicht sein.

»Wohin willst du?«, fragt mich der Pizzabote.

»Ich habe meine Freunde verloren, denn ...«

Er unterbricht mich: »Ach ja, ich weiß. Wo soll denn ein Junge in deinem Alter um diese Uhrzeit schon Freunde finden? Ich kenne den besten Ort für dich.« Der Motor heult auf und hustet Ruß aus dem Auspuff. Offensichtlich hat seine winzige Maschine einen Formel-1-Rennwagen verschluckt. Ohne mit der Wimper zu zucken und meine Hilfeschreie ernst zu nehmen, schlängelt er sich durch den Verkehr, heftet sich an einen Rettungswagen, der uns mit Blaulicht den Weg frei macht. Gefühlte 276 PS und 1000 Kilometer später bremst er endlich ab. Das Sirenengeheul des Rettungswagens entfernt sich, aber das Adrenalin in meinem Körper klopft mir noch unter der Schädeldecke. Ich schwitze. Ich schwitze sonst nie.

»Hier findest du Freunde. Glaub es mir«, sagt der Pizzabote und gibt Gas.

Weg ist er, verschwunden in einer Wolke aus Abgasen.

Wohin hat er mich gebracht? Was glaubt ihr?

Zu einem Kasten, in den ich nie wollte! Damit ist nicht der Fernseher gemeint, nicht der Trockner, nicht der Drucker oder die Druckerpatrone, sondern der allerallerübelste Kasten des Universums: die Schuuuuuuule. Und das hier ist nicht die *Albert-Einstein*-Schule, sondern eine ganz normale Schule. Das ist für Nerds wie mich ungefähr so wie ein Haifischbecken für Surfer. Kurz: Schule = Haifischbecken. Das Gebäude ist aus Beton und Glas und Stahl. Ich frage mich, ob diese Schule einen Computerraum hat? Dann könnte ich dort mit Bilbo chatten.

Kapitel 5

Mein erster Schultag

Sie haben die Schule an manchen Stellen grün angestrichen, an anderen rot und rosa. Ich gehe zwischen rot und rosa durch die Glastür, auf der *No Way* und *Keep out!* in Graffiti steht. Kein Mensch ist auf dem Flur zu sehen. In Horrorfilmen kommen solche Flure immer in Krankenhäusern vor. Da gehst du entlang und plötzlich taucht irgend so ein Irrer mit einer Axt oder einem Buschmesser auf. Und jagt hinter dir her. Egal, wie sehr du dir die Bettdecke über den Kopf ziehst, er kommt dir nach und findet dich in deinem Zimmer unter deiner Bettdecke. Ich höre meine Schritte. *KLACK KLACK KLACK* und mein Herz macht *POMM POMM POMMES*. Das ist ein eindeutiges Zeichen dafür, dass ich Angst habe.

Hinter den Türen müssen die Klassenräume liegen.

Ruhe, dann ein Schrei: »Wenn ihr es so wollt, schreiben wir morgen einen Test! Ihr werdet schon sehen …«

Ich gehe weiter, gehe schneller.

Auf keinem der Schildchen steht Computerraum.

Stattdessen sehe ich eine Schale mit Bananen, Äpfeln und Birnen, die auf einem Tisch steht. Darüber der Spruch: *Ernähre dich gesund! Wir sind eine gesunde Schule!*

Ein leises Geräusch hinter mir. Ich drehe mich um … Da fährt mir der Hausmeister mit seinem Rollstuhl brutal in die Seite.

»Wer bist du? Hast du einen Schülerausweis? Hast du keine Augen im Kopf? In welcher Klasse bist du? Kannst du das 1×1? So eine Unverschämtheit! Wie heißt du überhaupt?«

»Nerd«, sage ich.

»Ach. Du bist also Nerd. Na, endlich. Wir dachten schon, du kommst überhaupt nicht mehr.« Hat er mich erwartet? »Am Ende kommen sie alle. Nur immer vor dem Bildschirm sitzen, ist langweilig. Stimmt's? Das macht trübe in die Rübe.« Dann grinst er breit. Seine Zähne sind lang und ein bisschen spitz. »Jetzt kriegt unser lieber Rick endlich seinen neuen Spielkameraden. Der alte Nerd ist kaputtgegangen.«

Ist Rick eine Bulldogge? Oder der Klon von Scorponok, Herrscher des Terrors? Von wem redet der Hausmeister? Ich schaue auf sein Namensschild, auf dem *Herr Rudolf Aldidas Bissig* in fetten Buchstaben steht. Darunter sind noch die Hausmeisterwerkzeuge abgebildet: Hammer und Zange gekreuzt. Er greift in seine graue Kitteltasche und drückt mir einen unscheinbaren Schlüssel mit

einem namenlosen Namensschildchen und der Nummer 782 in die Hand. »Da, deins!«

»Soll ich meinen Namen darauf schreiben?«, frage ich.

»Wenn du dir einen Namen verdient hast. Jetzt noch nicht. Musst erst mal lernen, was Schule heißt, Stubenhocker.« Er schaut an mir auf und ab. »Hab ich es mir doch gedacht. Kein Nike, kein D&G, kein Puma, nicht einmal Fishbone. Lieben dich deine Eltern nicht?«

Was ist Liebe? Die Frage ist schwer zu beantworten.

»Oder bist du arm?«

»Mein Vater ist Fahrstuhlprogrammierer und meine Mutter arbeitet für *People love People every day* …«

Herr Rudolf Bissig lacht böse. Ich kann das Zäpfchen in seinem Rachen erkennen. Es wippt auf und ab, auf und ab. »Fahrstuhlprogrammierer? Ist das überhaupt ein Beruf?«

»Ich glaube schon.«

»Dann stiehl mir nicht die Zeit! Geh zu deinem Spind, los!« Er zeigt mit seinem knochigen Finger den Flur entlang. »Und mach mir ja keinen Ärger.«

Mein Spind: hellblau gestrichen, der Lack blättert überall ab. Der Schlüssel passt genau und das Scharnier quietscht. Ich öffne langsam das Fach, vorsichtig.

Darin sind nicht nur ein Foto von dem mir zugewiesenen Mobber Rick, sondern auch ein Stundenplan und der Fluchtweg zur Bibliothek. Wieso Fluchtweg? Ich brauche den Computerraum.

Von hinten dringt vorwurfsvoll eine Stimme an mein Ohr. »Wo bleibst du? Die Stunde hat längst angefangen!«

Wie sich herausstellt, ist es mein Physik- und Mathematiklehrer Dr. Günther Bauklo. Er ist mächtig, sein schütteres Haar jedoch extrem hellgrau, und er scheint gar nicht so böse zu sein, denn er sagt freundlich: »Komm, wir gehen in die Klasse. Sie warten schon auf dich. Hausmeister Bissig hat gesagt, dass du heute zum ersten Mal bei uns bist. Alle freuen sich auf dich.

Kapitel 6

Respekt ist unser Ding!

Als Bauklo nun mit mir die Klasse betritt, senkt sich die Lautstärke von »Schreien« auf »Unterhaltung«. Ich habe davon gelesen, dass bei Anwesenheit eines Lehrers der Lärmpegel einer Klasse auf »Ruhe« fällt, falls der Lehrer eine hohe Respektperson ist. Alle haben dann ein wenig Furcht. In Dr. Bauklos Fall scheint es nicht ganz so zu sein. Ich folge ihm zum Lehrerpult.

Die Gesichter starren mich an. Die meisten Mädchen haben lange Haare. Ich habe noch nie so viele Mädchen und Zahnspangen gesehen. Die Zahnspangenhersteller müssen reich sein. Mir ist unheimlich zumute und meine Augen brennen sofort von dem Rosa, Pink und Chrom. Am liebsten würde ich meine Brille abnehmen, damit ich das alles nicht so scharf sehen muss.

Dr. Bauklo schaut zu mir runter, dann zeigt er auf ein Plakat neben der Tafel.

Ich weiß ja nicht, was bei euch in der Klasse hängt, hier jedenfalls stehen *Verhaltensregeln*. Dass man nicht laut schreit; dass man keinen schlägt; dass man den anderen ausreden lässt; dass jeder eine zweite Chance kriegt … und darüber prangt:

Respekt ist unser Ding!

Dr. Günther Bauklo meint: »Das solltest du dir merken. Wir pflegen einen würdigen Umgang miteinander hier in der Johann-Wolfgang-von-Goethe-Schule.«

Würden sie einen würdigen Umgang pflegen, müssten sie nicht jeden Tag erneut daran erinnert werden, sich gegenseitig mit Respekt zu begegnen. Das ist nicht logisch. Es ist aber auch nicht logisch, dass jetzt alle über mich lachen.

Bauklo schaut zu mir runter, krempelt die Ärmel seines Hemdes hoch, blickt zur Klasse. »Jedenfalls kannst du stolz sein, auf unsere Johann-Wolfgang-von-Goethe-Schule zu gehen.« Einige der Jungen stecken sich den Finger in den Hals. »Würg!!!!« Dann wendet sich Bauklo wieder direkt an die Klasse. »Darf ich euch euren neuen Mitschüler vorstellen. Er heißt …«

»… Opfer!«, ruft jemand.

»Wer war das!?«, will Bauklo wissen.

Keiner meldet sich. Die Wahrscheinlichkeit, dass er den Rufer zufällig herauspickt, ist gering, denn in der Klasse sitzen an Einzel-, Zweier- und Dreiertischen 27 Schüler. Seine Chance wäre also eins zu siebenundzwanzig.

Bauklo fragt noch einmal: »Wer war das?«

Niemand gibt zu, *Opfer* gerufen zu haben.

Bauklo fährt mit meiner Vorstellung fort: »Das ist Nerd.«

»Also doch Opfer!«, ruft wieder jemand. Ich weiß nicht, was sie mit dem Wort *Opfer* andeuten wollen? Soll hier etwas geopfert werden?

Vorn in der ersten Reihe sitzt ein Mädchen. Ihre Lippen sind nicht voll, sie trägt ebenfalls eine Zahnklammer, ihr Gesicht ist schmal, und sie hat fast die gleiche Brille wie ich. Ihre ist braun

und übergroß, meine schwarz und übergroß. Und ihre Haare sind wie die eines Playmobilmännchens geschnitten! Sie flippt ihr Haar mit der Rechten nach hinten.

Findet sie mich attraktiv? Ich habe gelesen, dass Mädchen sich so verhalten, wenn sie Jungen gut finden. Jungen heben daraufhin ihre Arme leicht zur Seite und zeigen so ihre Achselhöhlen. Die Geruchsstoffe, die von den Haaren in den Achselhöhlen entweichen, machen die Mädchennasen ganz wild. Das Problem: Ich habe da noch gar keine Haare. Ihr Verhalten verwirrt mich daher. Es ist wissenschaftlich unlogisch.

Ich höre Dr. Bauklos Stimme. »Ja, Nerd, das ist Nerdine.«

Prompt wird das Mädchen rot und schämt sich.

Alle grölen noch lauter. Es freut sie also, dass sie sich schämt.

Dr. Bauklo schreit: »Ruhe!«

Er führt mich zu der einzigen freien Zweierbank in der Klasse, hinten in der letzten Reihe.

»Du wirst neben Rick sitzen, da, wo vor zwei Wochen noch unser Buchstabiergenie Friedrich gesessen hat.« Der Platz zu meiner Rechten bleibt frei, denn »Unser Calvin ist heute krank«, erklärt Bauklo.

»Karohemd Calvin! Karohemd Calvin!«, ruft jemand, und alle lachen.

Rick sagt nicht »Hallo« oder »Tag« oder sonst eine übliche Begrüßung zu mir, sondern nur »Höhöhö«. Das klingt wie der vergebliche Versuch das Wort *Höhö-Höhle* auszusprechen. Aus einer solchen kommt er vermutlich, denn sein Schädel ist breit und seine Stirn lang und flach wie die eines Neandertalers. Kaum dass Dr. Bauklo mir und Rick den Rücken zudreht, tönt Rick wieder: »Höhö-höhö, Friedrich weg, du da. Höhöhöhö!«

Ich sehe ihn fragend an, weil ich nicht weiß, warum er so gerne »Höhöhö« macht. Was mir noch an Rick auffällt: Seine Haare sind zottelig, als sei eine Bombe in eine Nudelfabrik eingeschlagen, er hat große Augen und einen Mund, der so breit ist, dass er damit Salzstangen quer essen kann. Zudem steht *Adidas* auf seinem T-Shirt, und zwar in so großen Buchstaben, dass ich den Schriftzug ohne Brille auf hundert Meter Entfernung erkennen könnte. Ich setze mich und lächele ihn an. Unter seinem Tisch liegen Handys, ein ganzer Haufen Handys. Und auf seinem Tisch liegt ebenfalls eines. Das ist rosa und daran hängt ein silbernes Kettchen mit Herzchen. Ist das normal?

Rick macht wieder: »Höhöhö!« Dann sagt er:
»Was guckst du? Das ist Patrizias Handy. Hat sie mir gegeben. Sie mag mich.«

Er zeigt Gefühle. Vielleicht ist er doch ein Mensch?

Dr. Bauklo steht vorne und fährt mit dem Unterricht fort, während Rick *Nutella* mit dem Löffel aus dem Glas isst.

»Alle tun«, sage ich freundlich.

Er schaut verwundert mit seinem schokobraunen Mund.

»Na, NUTELLA. Wenn du es von hinten liest, heißt es ALLETUN ...«

»Bist schlau, ne. Hast Hirn in der Schüssel. Pass bloß auf.« Er hebt seine Faust.

Was soll ich darauf sagen?

Soviel habe ich schon im Netz über die Verhaltensweise von Mobbern gelesen:

Mobber haben die besten Handys, weil sie natürlich nur die besten Handys klauen.

Sie können besonders gut:

1. kloppen
2. erpressen
3. klauen
4. Klo beschmieren
5. nur das Nötigste lesen
6. aufhetzen
7. Nerd in einer Sprechblase korrigieren

Rick geht mit seinem Zeigefinger in das Nutellaglas, beugt sich zu mir rüber und putzt seinen braunen Finger an meinem dunkelgelben Hemd ab. Warum tut Rick das? Ist das auch ein typisches Mobberverhalten? Das stand so nicht im Netz. Ich könnte es auf Wikipedia bei *Verhaltensweisen von Mobbern* hinzufügen:

8. bestreichen gerne gelbe Hemden mit Nutella.

Ich frage: »Warum machst du das?«

»Willst mich wohl für blöd verkaufen? Nur so mach ich das. Damit du lernst.« Rick wirft das leere Glas mit einem gezielten Bogenwurf über meinen Kopf hinweg in den Mülleimer, dann packt er sein Zwiebelleberwurstbutterbrot aus.

Vor ihm sitzen drei Mädchen. Die in der Mitte hat langes blondes Haar und spielt gelangweilt *Doodle Jump* und erinnert mich an *Jungfrau Peach* bei *Super Mario*. Sie dreht sich um, schaut Rick an, der sofort strahlt, als hätte er Plutonium verschluckt.

Kapitel 7

Nutellazwiebelleberwurst-butterbrotatem!

Dr. Bauklo steht vorne an der Tafel und redet über Licht. Nichts interessiert mich mehr als Licht. Er sagt: »Licht ist auch Energie. Was glaubt ihr? Was ist am heißesten?«

Er schreibt untereinander an die Tafel:

1. Glühfaden in der Glühlampe
2. Glühendes Stück Eisen
3. Lagerfeuer
4. Sonnenoberfläche

Er schaut das blonde Mädchen an. »Was denkst du, Patrizia?«

Von ihr hat Rick also das Handy.

»Sag einfach, was du denkst.«

Patrizia unterbricht ihr *Doodle Jump* und fragt: »Soll ich raten, Herr Doktor Bauklo?«

»Du solltest lieber denken, Patrizia.«

»Das kann ich doch so schlecht, Herr Dr. Bauklo.«

Ich melde mich.

»Streber«, schmettert mir Rick entgegen. »Wehe, Nerd. Patrizia gehört mir.«

Ich nehme meine Hand sofort runter, Dr. Bauklo nimmt mich trotzdem dran. Ich soll nach vorne kommen und ein Kreuz an jenen Gegenstand machen, der bei der Lichterzeugung am heißesten wird.

Ich schreibe hinter die Sonne die Durchschnittswerte

6000 Grad, Lagerfeuer 1000 Grad, glühendes Stück Eisen 800 Grad und Glühfaden in der Glühlampe 2500 Grad.

Bauklo guckt, als ob er einen Zaubertrick nicht kapiert hätte. »Hast du das im Internet nachgeschaut?«

»Gibt es hier Internet?«, frage ich. Das wäre toll!

»Wo ist dein Handy?«

»Ich habe kein Handy. Ich will nicht überall geortet werden. Wir Nerds hinterlassen keine Spuren im Netz. Keiner aus meiner Familie hat ein Handy.«

Die ganze Klasse ruft. »Opfer, Opfer ohne Handy!!!!!«

»Woher hast du dann die Informationen?«, will Dr. Bauklo wissen.

Ich zucke mit den Schultern. »Weil ich es weiß. Ich würde gerne mit Ihnen über Lichtknoten reden, denn …«

»Willst du mich veralbern?« Jetzt guckt Bauklo sauer. Die dichten Augenbrauen über seinen Augen fließen wütend zusammen. Er trägt etwas in seine schwarze Mappe ein, dann schickt er mich zurück auf meinen Platz. Ich gehe durch die Stuhlreihen.

»Hey, Nerd!«, ruft mir Rick zu.

Im gleichen Moment stolpere ich und sehe im Fallen in den offenen, lachenden Mund von Rick. Irgendjemand muss mir ein Bein gestellt haben.

Dr. Bauklo ermahnt mich: »Du willst doch nicht der neue Klassenclown werden? Oder Nerd? Das ist nämlich schon Alex.«

Wer ist Alex? Alle schauen in Alex' Richtung. Der sitzt am Fenster auf einem Einzelplatz genau wie Rick. Er steht auf, ist kaum größer als Yoda und hat genauso abstehende Ohren. Alex verbeugt sich und zieht seine Kappe. Das Haar darunter ist schwarz und wuschelig wie Ricks. Das Publikum grölt. Nur ein Junge in der ersten Reihe ist ganz still. Er sitzt ebenfalls an einem Einzeltisch und zieht einen langen Popelfaden aus seiner Nase. Das ist ekelig. Ich kann gar nicht zu Alex gucken, sondern beobachte jetzt, wie er den Popel dreht und unter seiner Bank verschwinden lässt. Bääääähhh!

»Nerd! Hörst du schlecht. Setz dich bitte endlich auf deinen Platz!«

Bauklo stellt sich derweil vorn ans Pult und fährt fort mit seinem Vortrag über Lichtwellen. Doch er hat keine Chance gegen den Lärm der Ahnungslosen, denn als ich mich auf den Stuhl hocke, imitiert Rick einen

Furz. Dr. Bauklos Stimme dringt nicht mehr durch das Gelächter. Das ist, als wolle sich eine Nussschale einer Tsunamiwelle entgegenstemmen. Unmöglich. Bauklo reagiert trotzdem nicht darauf, sondern redet und redet und redet und redet …

Rick labert derweil laut mit Nutellazwiebelleberwurstbutterbrotatem auf mich ein. »Hey, das war ein Fehler. Willst wohl schlauer sein? Dafür kriegst du gleich …«

Schlauer sein als wer? Sollte er sich damit meinen, so würde ich ihm am liebsten sagen, wieviel schlauer ich bin als er. Es scheint mir allerdings nicht der richtige Zeitpunkt zu sein und nicht der richtige Gesprächspartner. Wenn jemand größer und dümmer ist als du, dann solltest du zumindest schneller sein als er. Ich weiß jedoch nicht, wie schnell ein Neandertaler laufen kann. Vielleicht sind diese Urzeitmenschen ja gepardenschnell! Ich schweige also lieber.

»Hey, Nerd, ich rede mit dir!«

Er beugt sich zu mir rüber. Der Nutellazwiebelleberwurstbutterbrotatem ist ekelig. »Siehst du Otto?«

Ich sehe keinen Otto.

»Bist aber über ihn gestolpert.«

Von welchem Otto redet der?

Als hätte Rick meine Gedanken gehört, sagt er: »Otto kannst du nicht sehen. Dazu müsstest du einer von uns sein, du Nerd! Höhöhö! Nur Alex und ich und Tom und Darwin sehen Otto.«

Tom und Darwin? Wer sind die?

»Freunde aus der Nachbarklasse. Wirst du noch kennenlernen.«

Kann Rick Gedanken lesen?

»Kann ich nicht. Aber was du denkst, kann ich mir denken«, sagt er. »Nerds wie du denken logisch. Das ist euer Problem.«

Mobber müssen besonders gut darin sein, sich in andere Menschen hineinzuversetzen. Nur so können sie genau wissen, wie sie am besten fies sein können. Ähnlich wie ein Boxer finden sie sofort die Schwachstelle des Gegners.

»Was denkst du da für einen Blödsinn?«

Ich gebe Rick darauf keine Antwort. Und während er so redet und redet und ich Otto nicht sehen und Dr. Bauklo vor lauter Lärm nicht hören kann, träume ich von meinem alten PC, bevor ihn Sarah zerstört hat. Ich sehe mich, wie ich daheim am Rechner in Ruhe den Vortrag von Dr. Bauklo höre. Ich frage mich, ob wohl die Schüler in der Klasse die Fragen von Professor Pisa beantworten könnten?

Ich kann mich kaum auf meine eigenen Gedankenblasen konzentrieren, denn Rick redet lauter und lauter, und schließlich schreit er mich mit seinem *Laber! Laber! Laber!* aus seinem Nutellazwiebelleberwurstbutterbrotmund an und will jetzt plötzlich mein Handy.

»Ich habe kein Handy.«

»Los, gib es mir«, fordert Rick. »Sonst hol ich es mir. Gleich ist Pause, dann hau ich dich. Ich krieg es ja doch, dein Handy.«

»Lass mich!«, werde ich lauter und noch lauter: »Laaaaaass michhhhh!«

Alle drehen sich zu mir um. Von einer auf die andere Sekunde ist es still in der Klasse. Bloß mein Schrei hängt noch megafonlaut in der Luft.

»Laaass miiiiichhhhhh!«

Sofort schießt Dr. Bauklo auf mich zu. »Du störst den Unterricht! Was fällt dir ein!«

»Aber ich …«

»Erst pfuschst du und dann schreist du auch noch hier herum. So läuft das nicht. Du denkst wohl, du kannst dir alles erlauben. Gib mir dein Handy.«

»Ich habe keins.«

Bauklo ist außer sich.

Rick meint: »Der Nerd lügt.«

Und Bauklo: »Ab zum Direktor, Nerd!«

»Ich weiß nicht, wo sein Büro ist.«

»Begleite ihn, Nerdine«, befiehlt Dr. Bauklo dem Playmobil-Mädchen aus der ersten Reihe.

»Nerd und Nerdine! Nerd und Nerdine!«, schallt es durch den Raum.

Nerdine bleibt ruhig. Sie scheint es gewohnt zu sein, dass die anderen sie auslachen. Nerdine ist intelligent und mein Prozessor fühlt sich warm an. Ich traue mich nicht, sie anzugucken. Vermutlich glüht mein Gesicht. Die Hauttemperatur von Jungen erhöht sich um drei Grad, wenn ein Mädchen sie anlächelt. Und Nerdine lächelt und meine Brille beschlägt von innen.

Kapitel 8

Wo ist die Textleiste bei Mädchen?

Wir gehen durch den Flur, und ich frage mich, wo die Textleiste bei Mädchen ist. Was soll ich sagen? Ihre Schuhe klackern, meine Schuhe klackern. Ihre Schuhe sind schwarz, meine Schuhe sind schwarz. Wenn du mit einem Mädchen sprechen möchtest, so solltest du über Gemeinsamkeiten reden. Ich traue mich aber nicht und gucke auf die Wände: ein helles Grün, ein helles Braun, ein helles Grün ...

»Weißt du schon, was du später einmal werden möchtest?«

Sie will ein Gespräch beginnen. Was soll ich tun?

Sie sagt: »Ich werde Mikrobiologin.«

Ich schweige mich voran, Schritt für Schritt. Mein Mund ist dicht wie ein Tresor.

Sie sagt: »Rick und Alex haben mir vorige Woche mein Mäppchen geklaut.«

»Und was hast du gemacht?«

»Nichts.«

Wir kommen zur Tür von Direktor Dr. Schmitt. Darauf gibt es einen Pfeil und einen Satz: *Nicht klopfen! Anmeldung nur im Sekretariat!*

Wir klopfen also an der nächsten Tür. Keine Reaktion. »Frau Nabelbruch ist meist in der Kantine. Sie isst gerne und wagt, dies auch in der Öffentlichkeit zu tun. Viele dickleibige Frauen zeigen ihr

Essverhalten nicht in der Öffentlichkeit einer Kantine, sondern nehmen die Nahrung heimlich zu sich.« Nerdine kennt sich aus und kann mir die Welt der Schule erklären. Jetzt drückt sie die Klinke. Keiner da. Wir treten ins Sekretariat ein, dann klopfen wir von dieser Seite aus an die Tür von Direktor Schmitts Büro.

»Ja, herein.«

Nerdine und ich treten ein. Das Zimmer ist ein weißer Kasten. Auf der einen Seite sitzt Dr. Schmitt hinter seinem mächtigen weißen Schreibtisch, auf der anderen Seite neben der Tür hängt ein Foto vom Bundespräsidenten und daneben eines von Dr. Schmitt. Beide lächeln Dr. Schmitt an.

Sie scheinen ihn zu mögen. Direktor Schmitt schaut von seinen Papieren auf und bittet uns, näher zu kommen. Sein Schreibtisch ist riesig. Ein PC mit Maus-Pad & Co., ein mexikanischer Kaktus und eine Obstschale stehen darauf. In einem Zettelkasten liegen Zettel, Stifte stecken in einem Stiftehalter, und hinten an der Wand prangt eine Vitrine mit einem großen Pokal:

Martin Schmitt, dreimaliger Sieger Schreib's perfekt! – rischtisch oder pfalsch?

Wir setzen uns.

»Greift doch zu«, sagt Direktor Schmitt.

Jeder von uns nimmt sich eine Banane aus der Schale.

»Wir sind eine gesunde Schule. Deshalb solltet ihr Obst essen. Es enthält Vitamin C. Es ist wichtig, sich natürlich zu ernähren.«

Er macht eine Pause.

Soll ich jetzt nicken?

Ich nicke.

Direktor Schmitt fährt fort: »Wie du sicherlich weißt, ist Nerdine eine geborene Naturwissenschaftlerin. In der nächsten Ausgabe unserer Schülerzeitung wird sie Einblick in ihre Vitamin-C-Forschung geben. Na, erzähl mal, Nerdine, warum dieses Vitamin so wichtig für uns ist.«

»Vitamin C befindet sich vor allem in Paprika, Petersilie und Sauerkraut … Wir benötigen davon die größte Tagesmenge an Vitaminen – interessanterweise ist dies bei Meerschweinchen auch so. Deshalb sollten wir aber noch lange keine Meerschweinchen essen.«

Ich höre Nerdine gerne zu. Sie ist klug und witzig, aber Dr. Schmitt unterbricht sie überraschend: »Sehr schön, Nerdine. Nun verrate mir den Grund für euren Besuch?«

»Dr. Bauklo hat uns geschickt«, erklärt Nerdine und schält die Banane.

»Warum?«

»Ich soll gestört haben«, sage ich.

»Hast du gestört?«

»Ich habe Rick nur gesagt, er soll ruhig sein.«

Jetzt erst fällt mir auf, dass Direktor Schmitt eine Ähnlichkeit mit Rick hat, nur mit Falten um die Augen und einem noch breiteren Mund.

Er sagt: »Du hast also geredet.«

Ich sage: »Das stimmt. Ich musste reden, um zu verhindern, dass Rick redet. Ich wollte also mit meinem Reden sein Reden beenden.«

»Willst du mich veralbern?«

»Nein.«

»Du magst Rick nicht?«

»Das habe ich nicht gesagt«, sage ich.

»Ich meine, ich hätte es zwischen den Zeilen gehört«, sagt er. Und er fügt hinzu: »Iss erst mal deine Banane. Sie gibt dir Energie für deine künftige Aufgabe.« Dann schickt er mich zu Hausmeister Bissig. Der soll mir eine Monsterpinzette geben und einen Eimer. »So kannst du dein fehlerhaftes Betragen wiedergutmachen.« Denn mit diesen Werkzeugen des Hausmeisters soll ich den Schulhof von Unrat befreien.

Kapitel 9

Holt mich hier raus!
Ich bin in der Schule!

Ich laufe über den Schulhof, vorbei am Müllcontainer, Modell 1987. Damals wurde hämatithaltiges Metall für solche Container genutzt wie auch zum Bau von Sprengköpfen von Atombomben. Atombomben und Müllcontainer sind somit hochallergen. Ich umschiffe den Container also weiträumig und laufe zu Hausmeister Bissigs Kabuff, das Direktor Schmitt eben Loge genannt hat. Sie ist aus Glas und sieht aus wie ein Aquarium. Darin ist

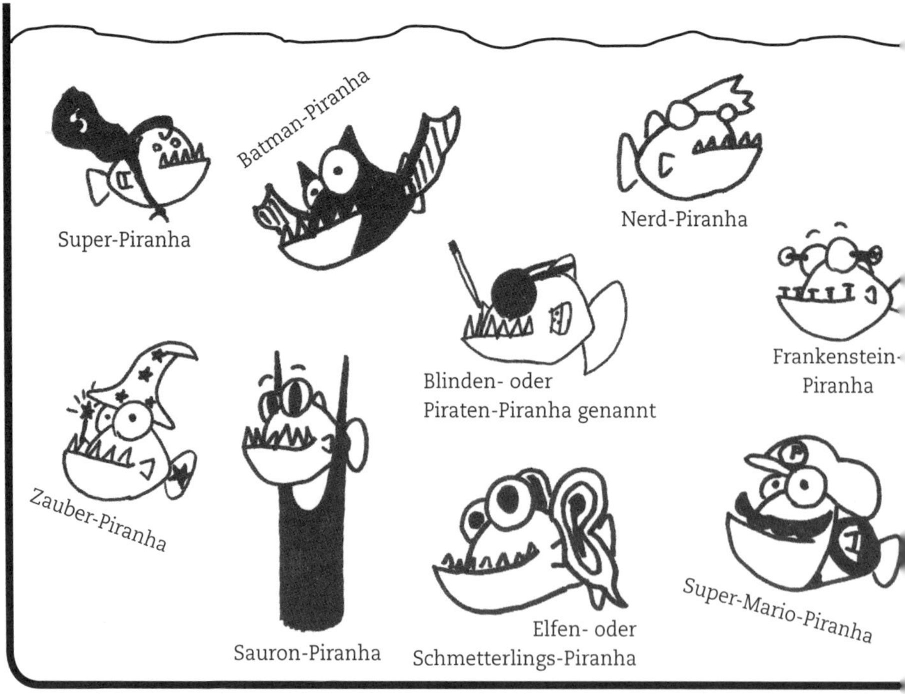

wiederum ein wirkliches Aquarium. Und darin schwimmen Fische. Sie glänzen silbern und rot. Sind das Piranhas? Piranhas sind die Pitbulls unter den Fischen. Die Viecher haben so lange Zähne, die kriegen das Maul nicht zu.

»Hab ich es mir doch gedacht. Du hast Hofdienst.« Wieder fährt mich Hausmeister Bissig von hinten an. Er drängt mich in sein Kabuff. »Du bist doch ein Nerd.« Der Hausmeister hält eine beschriftete Tasse in der Hand.

Sag nicht, was der Hausmeister für dich tun kann!
Sag, was du für den Hausmeister tun kannst!

»Siehst du den PC, Nerd?«

Es ist ein echter Siemens-Oldtimer. Das hellbraune Plastik-

gehäuse ist extrem abgeblasst. Auf eBay könnte der schon was bringen.

»Du wirst ihn reparieren.«

»Ich muss den Schulhof säubern.«

»Zange und Mülleimer gibt es erst, wenn der PC wieder läuft. Also beeil dich.« Er guckt zur Wand, wo ein Schlüsselkasten über einem Schränkchen hängt. Und auf dem Schlüsselkasten steht ein Werkzeugkasten. Ganz schön hoch! Da kommt der Hausmeister doch nie dran. Schließlich ist er an den Rollstuhl gefesselt. Ich muss den Werkzeugkasten also selbst herunterholen. Mein Hirn sagt mir: Du brauchst eine Leiter! Doch die gibt es nicht. Dann sagt mir mein Hirn: Du brauchst zumindest einen Stuhl! Den gibt es auch nicht. Schließlich braucht der Hausmeister in seiner Loge keinen, er hat ja immer einen dabei.

»Wie soll ich da hinaufkommen?«

Hausmeister Bissig stemmt seine Hände auf die Lehnen des Rollstuhls, wuchtet seinen Körper hoch und steht auf. Einfach so!!!!!

Häääää?

Und nimmt den Werkzeugkasten lässig runter.

Doppel-Häääääää????

Er gibt mir einen Schraubenzieher.

»Müsste passen. Beeil dich.«

Ich schraube den PC auf. Überall Viren. Sie sind riesig, kleben und hängen zwischen den Kabeln, fressen an den Platinen und haben die Festplatte an den Rändern über all die Jahre hinweg abgenagt. Normalerweise müsste der Computer schon auseinandergefallen sein, aber so ein Ur-Siemens hält einiges aus.

Da ich ein Nerd bin, habe ich natürlich Antivirenprogramme und Antivirenfallen dabei.

Hausmeister Bissig füttert derweil die Piranhas. Er nimmt eine kleine Flasche, auf der *Rinderblut* steht. Mit einer Pipette zieht er etwas Blut heraus und tropft es ins Aquarium. Die Piranhas werden sofort wild. Sie schwimmen gierig durcheinander in der roten Wolke. Beißen wie verrückt ins Leere. Der Hausmeister öffnet eine Mehldose. Mehlwürmer krümmen sich zwischen seinem Daumen und Zeigefinger. Die Piranhas schnappen danach. »Am liebsten mögen sie Rinderherzen, aber Mehlwürmer zappeln einfach schöner. Die Eingeborenen am Amazonas opfern bei Flussüberquerungen stets ein Rind, um die Piranhas vom Rest der Herde fernzu-

halten.« Mir laufen Dauerlaufschauer über den Rücken. Die Piranhas zerfetzen die Würmer in tausend Stücke. Dann sagt Bissig: »Ich muss mal weg. Wenn ich zurück bin, bist du fertig mit dem Computer. Ist das klar?«

Eine gefühlte Ewigkeit später bewegt sich kein Schädling mehr auf der Festplatte. Ich fahre den PC hoch, höher. Endlich zeigt er mir keinen ERROR mehr an, dafür den Browser fürs Netz.

Bilbo Beutlin ist online. Er hat ein neues Foto von sich auf seine Seite gestellt. Es zeigt ihn, wie er gemütlich in seiner Höhle hockt, ein Pfeifchen raucht und den Hobbitjungen und -mädchen aus Beutelsend Geschichten vom Ende der Welt und seinen Abenteuern mit Orks und dem Drachen Smaug erzählt.

Ich schreibe: »Bin in einer Schule.«

»Schule?«

»Ja.«

»Wirst du bewacht?«

»Vom Hausmeister.«

»Sauron?«

»Nein. Hier gibt es keinen Sauron.«

»Voldemort? Darth Vader? Gargamel? Joker? Bowser?«

»Nein, Bilbo. Er ist ein Hausmeister, Hausmeister Aldidas Bissig.«

»Klingt übel. Aber ich hole dich da raus.«

»Und wie?«

»Unterschätze nie die Macht des Rings und die Schläue und Kraft eines Meisterdiebs.«

Obi-Wan würde sagen: *Gekommen ist die Zeit zu zweifeln an Meister Beutlin.* Denn ich frag mich, welcher Bus vom Auenland hierher zur Schule fährt.

»Hey, Freundchen!« Der Hausmeister taucht plötzlich neben mir auf. Lautlos wie ein U-Boot. Und fährt mir mit seinem Rollstuhl gegen das Schienbein.

»Das tut weh.«

»Memme«, sagt er und klickt Bilbo weg. »Schleich dich, Nerd!«

Ich nehme Zange und Eimer.

»Schmeiß den Müll nachher in den Container! Hast du kapiert, Nerd?«

Kapitel 10

Wo kann ich eine Tarnkappe kaufen?

Kaum, dass ich auf dem Schulhof bin, klingelt es.

DRIIIINNNNGGGG! DRIIIIIINNNNGGGG!

Türen knallen, Stimmen werden lauter; hohe Stimmen, tiefe Stimmen, alle jubeln, schreien, stürmen aus den Klassen, Freiheit, Lehrer gehen aus dem Weg, verstecken sich im Lehrerzimmer wie Insekten vorm Monsunregen. Denn etwas Schreckliches wird kommen! Die Schreie werden lauter, ein Donner rollt, dann stürmt die Meute durch die Glastür auf den Schulhof.

Und wer steht da?

ICH! NERD! OPFER NUMBER ONE!

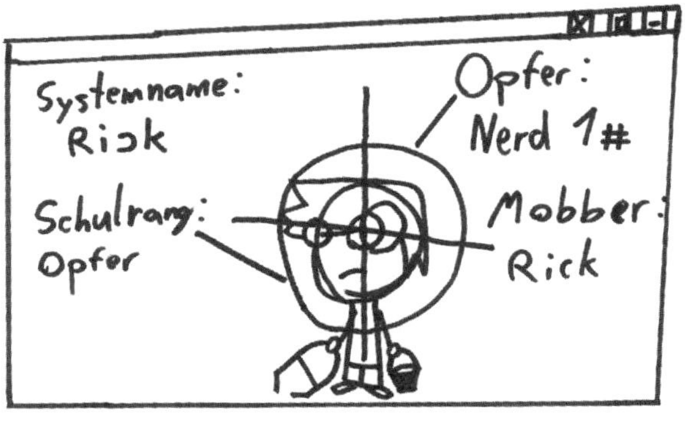

Das ist kein Spiel, kein Traum, das ist echt. Die Schüler des Grauens sind da!!!!

Ich picke ein Stück Papier auf und wäre gerne durchsichtig.

»Hey, was machst du denn da?« Der Junge ist groß und fett.

Ich schweige vor mich hin.

Rick kommt. Seine Schultern sind echt breit. Er teilt die Menge wie Moses das Meer.

»Das ist Nerd. Der gehört mir, mir allein. Höhöhöhö!« Auch er fragt mich: »Hey. Was machst du denn da?«

Ich gucke auf meine Zange, auf den Eimer, auf das Papier, das ich in den Eimer fallen lasse. Ganz ruhig. Sie wissen, was ich hier mache. Ich weiß, dass die Frage nicht ernst gemeint ist. Solche Fragen nennen sich rhetorische Fragen. Aber es nutzt mir nichts, dass ich solche Dinge weiß. »Ich mache das für den Hausmeister.«

»Wie schön für dich … In den Müll mit dir. Da gehörst du mit den Klamotten rein.« Rick meint mich und den Eimer. »Höhöhö!!!« Alle lachen mit ihm und geben ihm eine Million *Likes* und Daumen hoch für seine Idee. Tiefgefroren stehe ich da. Ich will endlich *Super Marios* Tarnkappe. Rick stülpt mir meinen Eimer über den Kopf. Das ist keine Tarnkappe. Es stinkt und es ist dunkel.

»Los! Geh!«

Er schubst mich voran. Was stand noch mal gerade aus vor mir? Da war der Schulhof? Treppen? Nein. Da waren keine Treppen. Ich weiß es nicht mehr. Meine Festplatte ist leer.

Stimmen schreien: »Ge-hen! Ge-hen! Ge-hen! Ge-hen!«

Jemand fasst mich von hinten, die Beine werden mir weggezogen, der Eimer rutscht. Ich sehe eine Wand aus Stahl: Das ist der Müllcontainer, in den mich Alex mit Rick wirft.

»UUUUUUUNNNNND hopp!!!!«, rufen alle.

Meine Hände suchen nach Halt. Ich rutsche vom Rand abwärts. Kaum Müll im Container. Das ist wie eine Arschbombe in ein ausgepumptes Schwimmbecken. *Dong!* Laut lande ich auf meinem Hintern. Poh, das tut weh! Es regnet Bananenschalen und angebissene Äpfel. Sie werfen alles zu mir rein. Meine Hände sind rot und jucken. Ein ganzer Container Allergie.

»Hey, Nerd!« Rick schaut zu mir runter. »Sag Schiiiiiiizzzzzz!« Ich gucke, er macht ein Foto von mir. BLITZ!

Ich höre, wie Rick sagt: »Guckt mal. Der hat ja grüne Pusteln im Gesicht und Müll auf dem Kopf.« Und Alex: »Sieht der bescheuert aus. Kennt ihr den? Was sagt der Müllmann zur Mülltonne? Ich werde dich noch oft leeren.«

Die Schulklingel geht, alle laufen weg.

»Hilfe!«, schreie ich. »Holt mich raus!« Ich will nicht den Containertod sterben. Meine Hände jucken, mein Gesicht juckt.

Ich gucke nach oben. Der Himmel ist blau und im dritten Stock steht Nerdine am Fenster. Sie winkt mir zu. Ich muss meine Brille sauber machen. Wenn meine Brille beschlägt, bekomme ich Platzangst. Als ich wieder hinaufschaue, ist sie fort. Verdammt! Wenn du ein Handy hast und in einem Müllcontainer steckst, kannst du die Feuerwehr oder deine Eltern rufen. Wenn du kein Handy hast, hast du Pech gehabt.

»Hiiiiiiiiiiiiiilfeeeeeee!«

Dann höre ich eine freundliche Stimme »Hallo?!« sagen. Sie klingt wie die Stimme im Auto-Navi. »Ist da jemand?« Ein schmales Frauengesicht lugt über den Containerrand, dann hilft sie mir raus.

»Warum bist du da hineingeklettert?«

»Neugierde«, antworte ich ironisch. »Und dann habe ich mich mit Biomüll beworfen, weil wir eine gesunde Schule sind.«

Sie lächelt gutmütig. Glaubt sie mir das etwa?

»Das solltest du nicht tun, Junge. Das sieht ja demütigend aus. Und dieser grüne Ausschlag.«

»Hämatitallergie.«

»Wie ist dein Name?«

»Nerd.«

»Das ist schön. Du kommst bestimmt früher oder später zu mir in die Bibliothek. Bei mir habt ihr Nerds es stets gut.« Sie zeigt hinauf zum dritten Stock, wo eben noch Nerdine gestanden hat. »Aber du brauchst einen Bibliotheksausweis. Hast du deinen Schülerausweis dabei?«, möchte sie wissen.

Ich schüttle den Kopf.

»Dann müssen wir erst einmal zu Direktor Schmitts Büro«, sagt sie, denn um einen Bibliotheksausweis zu erhalten, braucht ein Schüler einen gültigen Schülerausweis. Um den zu kriegen,

braucht ein Schüler aber erst einmal ein gültiges Foto von sich!

Und danach fragt mich Direktor Schmitt jetzt.

»Ich habe kein Bild von mir dabei«, sage ich.

Direktor Schmitts Handy klingelt. »Ach, das trifft sich gut. Gerade kommt ein Foto von dir, mein lieber Nerd. Rick schickt es. Wenn man ihn braucht, ist er stets zur Stelle. Sogar die grünen Punkte in deinem Gesicht sind gut darauf zu sehen.«

Oh, nein! Das ist das Foto aus dem Container, ich mit schiefer Brille, Bananenschale im Gesicht und Apfelresten im Haar. »Ich würde lieber ein anderes Foto von mir …«

»Papperlapapp, es trifft dich genau. Oder, Frau Kastenholz?«

Die Bibliothekarin stimmt ihm zu und verzieht ein wenig mitleidig das Gesicht: »Nur der Gestank ist nicht zu erkennen. Der arme Junge …« Doch da lacht Schmitt schon, genau wie der Bundespräsident auf dem Foto.

Ich greife auf meinen Kopf. Tatsächlich. Dort lagern ekelig-matschige Apfelreste. Ich kratze den Schmodder aus meinen

Haaren, während Schmitt in die Gegensprechanlage am Telefon sagt: »Frau Nabelbruch, bringen Sie mir Kleber und Stempel? Hier ist ein Junge, der noch keinen Schülerausweis hat.«

Ich verstehe nicht, warum er das seiner Sekretärin durch die Gegensprechanlage sagt, schließlich hören wir Frau Nabelbruchs Antwort durch die offen stehende Tür:

»Sofort, Herr Direktor Dr. Schmitt. Ich eile.«

Schmitt spricht wieder in die Anlage: »Ich möchte Sie hiermit nochmals dringend dazu auffordern, durch die Anlage zu reden. Dafür steht das Telefon vor ihnen.«

Aus der Telefonanlage kommt ein »Sehr wohl, Herr Direktor!«. Und dem Satz folgt auch schon Frau Nabelbruch selbst. Auf einem silbernen Tablett trägt sie Kleber und Stempel. Frau Nabelbruch hat ein kantiges Gesicht, in dem die gequetschte Nase eines Boxers steckt.

»Unser Nerd«, stellt mich Direktor Schmitt vor und zieht mein Foto aus dem Drucker. Frau Nabelbruch klebt es auf den Ausweis. *Pam! Pam!*, haut sie zwei Stempel darauf, dass der Schreibtisch wackelt, und der Bundespräsident an der Wand.

Sie gibt Schmitt den Schülerausweis und der drückt ihn mir in die Hand. »Fertig. Jetzt bist du offiziell ein Schüler unserer Johann-Wolfgang-von-Goethe-Schule. Freust du dich?« Eigentlich wollte ich niemals Schüler einer Schule sein. Aber es ist nun mal die Eintrittskarte zur Bibliothek. »Nun geh nach Hause und wasch dich. Du stinkst, Nerd.«

Auf dem Flur kommt mir Rick entgegen. Vermutlich ist er mal raus zum Urinieren. Ich verstecke mich im Lastenaufzug. Mein Gesicht spiegelt sich im Metall. Die grünen Punkte sind weg. Ich suche im Aufzug den Knopf *Nach Hause*. Warum hat Papa keine Aufzüge für *Nach Hause* programmiert? Ich drücke auf *B* wie *Basement & Tiefgarage*. Der Fahrstuhl ruckt an. Zwei Stockwerke tiefer öffnen sich die Aufzugtüren wieder. *Ziiiiiiiisch & Quiiiiiiiieeeetsch*!!!

So muss es klingen, wenn du in der Hölle angekommen bist. Das Neonlicht springt flackernd an. Beton. Und so weit das Auge reicht Autos. Sortiert nach Mathelehrer, Englischlehrer, Deutschlehrer, BMW, Audi, Volvo und Daimler, Hauptfächer halt. Nebenfächer fahren Fiat und Renault. Nur der Sportlehrer hat ein rotes Cabriolet mit dem Aufkleber:

Ich bremse auch für Frauen! Am liebsten für Blondinen!

87 Prozent aller mit blonden Haaren geborenen weiblichen Babys sind später braunhaarig. Überdies dunkeln die Haare einer Frau mit jeder Geburt ab. Daher erscheint uns blond bei Frauen als Zeichen für jung, naiv und leicht dümmlich. So kommt auch der Begriff *blauäugig* zustande. Es ist also nur logisch, dass der Sportlehrer dazu aufruft, besondere Rücksicht auf Blondinen im

Verkehr zu nehmen, da sie die Verkehrsregeln vermutlich häufig nicht beherrschen. Oder?

Das Neonlicht zittert.

Gleich passiert was, irgendwas. Das spüre ich. Das ist in Filmen immer so. Ich habe Angst und zittere wie das Licht. Da öffnet sich das Garagentor. Der Bote vom *Pizzablitz* rast die Rampe runter und an mir vorbei. *Miep! Miep!*, hupt er. Ich winke ihm nach. Wenn ein Nerd sich auf den Weg macht, braucht er einen GPS-Navi oder Google Earth oder einen Pizzaboten, der den Weg kennt. Ich renne ihm also nach, zurück zum Aufzug.

»Ich muss erst die Pizzas für die Cityzicken Patrizia und ihre Freundinnen ausliefern. Sie mögen die Schulkantine nicht.« Er öffnet die oberste von drei Schachteln. Die Pizza darauf ist hauchzart belegt mit Diät-Käse, Diät-Schinken, Diät-Tomaten und Schlankheitsgurken. »Mädelpizza eben. Patrizia ist die Tochter vom Chef von *Pizzablitz*.«

»Deshalb bringen Sie die in die Schule?«

»Ja, Mann. Aber duz mich, Nerd.« Er hält seine Hand hoch. Ich schlage ein. So machen das auch die Spieler in *Ghettokidz*. Der normale Mensch braucht solche Rituale, um sich wohlzufühlen.

»Kann ich gleich mit dir nach Hause fahren?«, frage ich ihn.

»Was gibst du mir dafür?«

Ich krame in meiner Hose. Darin ist nur mein Schweizer Spezial-Nerd-Taschenmesser mit Blitzwerfer, Laserschwert, Schallkanone und Laserpeitsche.

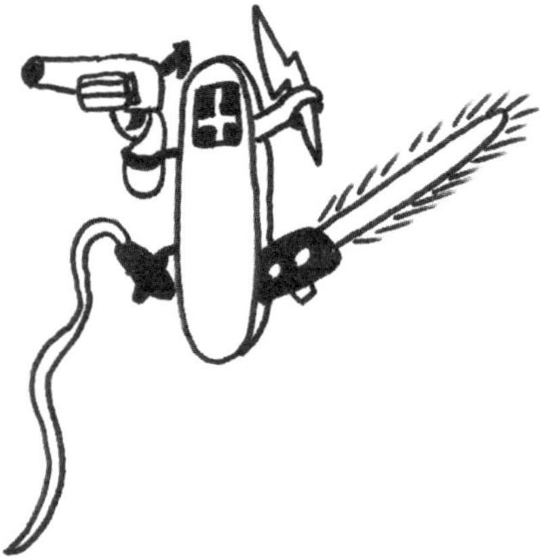

»Ach, lass stecken. Falls das wirklich funktioniert, brauchst du es dringender als ich. Bist ein guter Junge mit einem beschissenen Haarschnitt. Steig schon mal ein, ich fahr dich gleich nach Hause, wenn ich abgeliefert hab.«

Kapitel 11

Mama und Papa im Sohn-muss-zur-Schule-Modus!

Siiiii!-liiiiii!-ziiiiii!-uuuuum!, ertönt die Klingel.

Sarah öffnet und schreit nach Mama mit einem ultralauten: »Neeeeerd!!!!«

Die stürmt in den Flur. »Hallo, Nerd. Na endlich!«

»War der Junge heute nicht hier?«, fragt Papa geistesabwesend. Er scheint nichts mitbekommen zu haben.

Mama sagt: »Ich habe dir doch erzählt, dass uns dieser Direktor Schmitt eine Mail geschrieben hat und ich gleich Professor Pisa Bescheid gegeben habe. Unser Kind ist jetzt ein Schulkind.«

Papa scheint sich an nichts erinnern zu können. Seine Brille beschlägt prompt. Wenn er zu viel denkt, schwitzt sein Hirn und das Glas beschlägt. Es ist immer ein bisschen unheimlich. Er schnüffelt in die Luft, schaut mich an und meint dann zu Mama: »Ach, deshalb riecht unser Sohn so.«

Mama nickt verständnisvoll und Sarah hält sich die Nase zu. »Bäääh! Du stihiiiinkst!«

Ich selber rieche es gar nicht mehr, doch Papa befiehlt: »Ab unter die Dusche.«

Nerds baden nie, Nerds duschen nur. Wer liegt schon gerne in seinem eigenen Siff? Ich jedenfalls nicht. Ihr etwa? Während ich unter der Dusche stehe, stelle ich mir vor, dass alles wieder wie früher ist. Doch als ich mein Zimmer betrete, kauert der Türsteher k.o. auf meinem Schreibtisch, herausgerissen aus seiner USB-Buchse, und mein PC ruht zerstört auf dem Boden. Sein

ganzes Inneres ist weg. Nur noch ein paar Schnittstellen liegen auf dem Teppich, daneben bunte Haufen von Kabelkot. Sarahs Robota Pinki Panza war hier. Sie hat alles gefressen und gleich verdaut. Oh Gott. Das muss ein Gemetzel gewesen sein. Ich stelle mir vor wie Pinki Panza über meinen PC hergefallen ist. Ich weiß, dass Sarah fies ist, aber das hätte ich ihr nicht zugetraut. Selbst der Todesstern auf meinem Bademantel guckt traurig von der Brusttasche.

»Wie war es denn nun in der Schule? Erzähl mal.« Mama steht hinter mir.

»Was soll ich sagen? Ich weiß gar nicht, wo ich anfangen soll, so viel ist passiert.«

»Na, dann erzähl es mir besser morgen, mein lieber Nerd.«

Davon habe ich gelesen. Wenn du deinen Eltern wirklich etwas erzählen willst, haben sie immer Wichtigeres zu tun.

Ich lege mich ins Bett, obwohl es noch nicht einmal dunkel ist, schließe die Augen und denke an Nerdine, wie sie mir durch die Glasscheibe oben aus der Bibliothek zugewunken hat. Dann sehe ich Rick, der sich eine Laugenstange quer in den Mund schiebt, und den Hausmeister, der meinen Finger ins Aquarium mit den Piranhas steckt. Die Fleischfresser schwimmen auf meinen Finger zu, ihre Zähne blitzen scharf wie Rasierklingen und …

… mein Wecker klingelt, reißt mich unbarmherzig mit einem *»Steh auf, du Jedi-Ritter. Schule! Schule! Schule!«* aus dem Schlaf. Es ist sieben Uhr morgens. Und zwar am nächsten Tag!

So lange habe ich noch nie geschlafen. Den halben Tag und die ganze Nacht. Das muss von den gestrigen Abenteuern im *Real Life* gekommen sein.

Ich schaue auf das Leuchten der Weckkonsole.

»Steh auf, Jedi-Ritter. Schule! Schule! Schule!«

Ich versuche, die Darth-Vader-Kombination zu drücken. Zweimal grün, rot, einmal?? Drücke auf blau. Falsch! Dann auf gelb. **Falsch! Falsch! Falsch! Falsch! …**

»Steh auf, Jedi-Ritter. Schule! Schule! Schule!«

Ich versuche es noch mal und noch mal. Keine Chance.

»Mensch, Nerd! Das nervt. Stell endlich diesen Wecker ab!« Meine Schwester ist da und hat nur ein Handtuch um. Sie schiebt mich zur Seite und zeigt es dem Herrscher der Finsternis. Eine Minute später ist er still. »Na, da siehst du, was du von der Schule hast. Dir sind schon die ersten Hirnzellen abgestorben.«

Mama kommt. »Du musst dich beeilen. Trödel nicht.« Sie drückt mir meinen Stundenplan in die Hand. »Hat mir die Schule geschickt, von Direktor Schmitt. Er sagt übrigens, dass du dich nicht gut betragen hast.« Ich will etwas zu meiner Entschuldigung sagen, aber Mama unterbricht mich: »Keine Ausreden, Junge. Du sollst dich gegenüber Lehrern höflich benehmen. Die nehmen uns Eltern so viel Arbeit ab. Und ich bin jetzt die Mutter von einem schulpflichtigen Kind.«

Der Stundenplan: Die ersten beiden Stunden habe ich Deutsch bei Rita Ranzig – meiner Klassenlehrerin, dann zwei Stunden Englisch bei Mrs Mistpickels … und morgen Schwimmen. *Schwimmen?* »Nein, Mama. Ich gehe nicht mehr zur Schule. Ich kann nicht schwimmen.«

»Wenn Kinder sich aussuchen könnten, ob sie zur Schule gehen oder nicht, müssten die Lehrer die Straßen kehren. Du musst zur Schule. Sonst kommt die Polizei und holt dich ab.

Wer einmal freiwillig in eine Schule gegangen ist, der muss jeden Schultag dorthin. Das ist Gesetz. Professor Pisa hat mir erklärt, dass er nun nicht mehr für dich zuständig ist.«

»Schulpflicht ist heilig«, meint Papa.

Wo kommt der plötzlich her? Und warum wollen alle auf einmal, dass ich zur Schule gehe? Nur weil das jetzt die neue Regel ist? Sind meine Eltern im Unser-Sohn-muss-zur-Schule-Modus.

Sarah kriegt sich nicht mehr ein vor Lachen. »Du hast Schwimmen. Zeig her. Echt? Wirklich echt?« Sie reißt mir den Stundenplan aus der Hand. »Schwimmen! Tatsächlich. Wasser ist nass. Im Wasser ertrinkst du. Das tut mir aber *leidileid*!«

Sie hat recht. »Ich kann nicht schwimmen.«

»Ich auch nicht«, sagt Mama. »Trotzdem lebe ich.«

Papa kann auch nicht schwimmen. Sarah auch nicht. Kein Nerd mit einem IQ über 190 kann schwimmen, denn wir mögen keine Badehosen und wollen nicht mit dem Kopf untergetaucht werden. Wir Nerds sind einfach nicht fürs Schwimmen geeignet!

Von draußen höre ich ein *Miep! Miep*! Der Pizzabote. *Miep! Miep!*

»Du hast jetzt eine Flatrate bei mir«, sagt er. »Deine Mutter bezahlt.«

Mama lächelt mich an. »Wir sind an Omas Erbe gegangen.« Oma war reich. Sie hat den *Schokopudding in der Tube* erfunden. Habt ihr ihn schon mal probiert? Schmeckt gut. Geht mal in den Supermarkt und fragt danach.

Miep! Miep!

»Ich werde übrigens mit Pinki Panza am *Robot-Fight* teilnehmen. Sie ist jetzt ultragefährlich!«, sagt Sarah.

Ich muss kurz an XG3 denken, da macht der Pizzabote wieder *Miep! Miep!*, und wir sausen los.

Kapitel 12

Die Superman-Kapseln

Um Punkt 7.55 Uhr öffne ich meinen Spind. In genau fünf Minuten beginnt der Unterricht: Nerdine steht ein paar Spindtüren weiter. Ich schaue auf ihre Schuhe. Ihre Schnürsenkel sind mit einem Knoten verschlossen. Genau wie meine. Ich mag keine Schleifen, denn wenn du eine Schleife nicht hundertprozentig richtig schnürst, kann sie aufgehen. Oder jemand kommt und zieht einfach an einem der Schnürsenkel, und schon stehst du mit einem offenen Schuh da. Das möchte ich nicht.

»Ich mag keine Schleifen«, sage ich laut.

Nerdine schaut mich an und lächelt. »Aber Elbenscrabble«.

»Ja, mit Herrn Bilbo Beutlin … Woher weißt du das?«

»Weil du ein prall gefülltes Säckchen Elbenscrabblesteine in deinem Spind verstaut hast.«

Das stimmt. Es liegt im obersten Fach. Ich würde Nerdine am liebsten fragen, ob wir nicht auch mal zusammen spielen sollen, aber da schiebt sich ein Junge zwischen uns. Er trägt ein gelbgrünes Karohemd.

»Frank Calvin heiße ich. Und du?«

»Nerd.«

»Bist du neu an der Schule?«

»Seit gestern.«

»Ich war gestern krank. Schulangst.« Er holt eine blaue Kapsel aus seiner Jackentasche. »Das sind kryptonische Super-Gegenteil-Kapseln.

Wo die herkommt, gibt es noch mehr. Durch die Superkapseln wird Angst zu Mut, Böse zu Gut und aus Gut wird Böse und …«

Krypton heißt doch Supermans Heimatplanet. Ich frage: »Bist du Superman-Fan?«

»Ja. Superman hilft mir. Und worauf stehst du?«

»Hobbits«, sage ich.

»Zwerge?«

»Nein. Zwerge tragen Zipfelmützen, Bilbo Beutlin nicht.«

Calvin schüttelt den Kopf. »Aber stell dir mal vor, Bilbo Beutlin müsste gegen Superman kämpfen. Der hätte keine Chance gegen seinen Hitzeblick.« Er legt bei dem Wort *Hitzeblick* die Arme eng an den Körper und schaut mich durchdringend an. Ich fühle mich unwohl. Er gibt mir eine von seinen Super-Gegenteil-Kapseln, obwohl ich nicht danach gefragt habe. »Runter damit!«

Ich nehme sie und schlucke. Vielleicht liegt das an seinem Superman-Hypnoseblick. Die Kapsel bleibt prompt in meiner Speiseröhre stecken.

Er hält mir seine Wasserflasche hin. »Trink.«

Soll ich daraus trinken? Er hat doch bestimmt schon davon getrunken. Im Speichel des Menschen befinden sich 38.498 Bakterien. Calvin schaut mich neugierig an. Ich lehne die Flasche ab, sammele Speichel im Mund und schlucke. Ohne Erfolg. Ich bekomme keine Luft. Ich werde sterben.

Er kippt ein Mittel in seine Flasche, schüttelt sie ein bisschen. »Trink das!«

Ich röchele: »Was hast du da reingetan?«

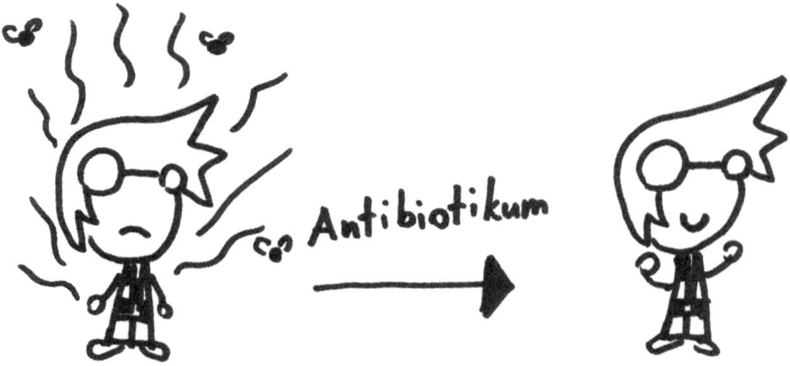

»Antibiotikum. Tötet Keime und Bakterien. Früher hatte ich Eigengeruch. Den habe ich ebenfalls mit Antibiotikum bekämpft.«

Ich nehme einen kräftigen Schluck. Noch einen. Die Super-Gegenteil-Kapsel löst sich und stürzt sich weiter durch meine Speiseröhre Richtung Magen-Darm-Trakt.

»Alles in Ordnung?«

»Ja«, sage ich. »Danke dir.«

»Kein Ding. Ich zeige dir, wie du hier in der Schule überlebst. Du bist der Nerd, der nie zur Schule musste?«

»Ja.«

»Dann ist dein IQ wie hoch?«

Ich stelle ihm eine Gegenfrage: »Wie hoch ist der von Javier Sotomayor Sanabria aufgestellte Weltrekord im Hochsprung? Entferne einfach das Komma zwischen Meter und Zentimeter und schon hast du meinen IQ.«

Calvin schaut wie eine durchgebrannte Leitung. »Naja. Jedenfalls werde ich dir helfen. Ich bin nämlich der Nerd, der schon immer in die Schule musste. A-Real-Life-Nerd.«

Ein Duft steigt mir in die Nase. Stell dir den herrlichen Geruchmix aus einer frisch gebrannten 10.000-Terrabit-Festplatte und der Abluft aus deinem Laptop-Ventilator vor. Ich habe sofort Kribbeln im Bauch und meine Hauttemperatur erhöht sich. Das bedeutet entweder, dass ich eine Grippe habe, ein Alien mich infiziert hat oder dass ich verliebt bin. Ich drehe mich um zu dem Duft. Nerdine! Sie geht zum Klassenraum.

»Bist du scharf auf sie?«

Was meint er damit? Scharfe Pizza mag ich nicht.

Calvin klopft mir auf die Schulter und zwinkert mir zu. Ich mag es nicht, berührt zu werden. Das macht mich nervös.

»Hey, Opfer!« Rick hat uns entdeckt.

Calvin reagiert sofort und winkt Rick freundlich zu.

Und mir sagt er: »Du musst auch winken.«

Ich tue es, woraufhin sich Rick zufrieden umdreht und hinter Nerdine hergeht.

So muss ich mich also verhalten, damit Rick mich in Ruhe lässt. Ich kann bestimmt noch viel von Calvin lernen. Mittlerweile steht eine ganze Traube Schüler vor der Klassentür, während Calvin und ich an den Nerd-Spinden warten.

»Ich bin froh, dass du da bist«, sagt Calvin. »Seit Friedrich weg ist, macht Rick mich fertig. Jetzt bist du ja für Friedrich da.«

»Was ist mit Friedrich passiert?«

»Seine Eltern haben ihn von der Schule genommen. Er wurde von Rick gemobbt, weil er ein Streber war.«

»Definiere bitte *Streber*.«

»Na, Friedrich war supergut in Mathe, Englisch und Deutsch. Er sollte unsere Klasse sogar in einem Monat beim Buchstabierwettbewerb *Schreib's perfekt! – rischtisch oder pfalsch?* vertreten.«

»Und warum wurde Rick nicht bestraft?«

»Er ist nicht das Opfer, sondern Friedrich war das Opfer. Schließlich heißen deshalb die Opfer *Opfer* und die Täter *Täter*. Das ist doch logisch! Wenn ein Opfer nicht mehr kann oder will, wird es in eine andere Klasse versetzt, und dann kommt ein neues Opfer für den Täter.«

»Und das neue Opfer warst du?«, frage ich.

»Seit gestern bist du es.«

»Und du?«

»Ab heute sitzt du zwischen mir und Rick. Du bist also der direkte Nachbar von *Höhöhö*.«

Ja, das ist logisch. Alles hat seine Ordnung in der Schule. Ich muss die Ordnung nur verstehen.

»Welche Aufgaben sind mit der Opferrolle verbunden?«, erkundige ich mich.

»Du musst jederzeit verfügbar sein. Deshalb sitzt du neben Rick. Zweitens muss sich das Opfer über seine Opferrolle nicht nur ärgern, sondern richtig traurig und verzweifelt sein. Am besten sind Tränen. Deshalb solltest du viel und regelmäßig trinken. Drittens muss sich das Opfer wehren wollen.«

»Ist das ein Ritual, dass sich Opfer wehren?«

»Weiß nicht. Wichtig ist nur, dass das Opfer keine Chance hat. So wie eine Fliege im Netz der Spinne. Die Spinne wird durch das Zappeln der Beute nur noch gieriger.«

»Und wenn ich mich zu stark wehre?«

»Geht das Spinnennetz kaputt. Dann sind alle sauer auf dich. Aber glaub es mir, bei Rick klappt das mit dem Wehren sowieso nicht. Du kennst ja seinen Vater.«

»Wieso? Wer ist denn sein Vater?«

Calvin lacht: »Lass dich überraschen.«

Eine rundgesichtige Frau nähert sich unserer Klasse. Sie kämpft sich auf Stöckelschuhen, die sie gleich zehn Zentimeter größer erscheinen lassen, den Weg frei. Das muss unsere Deutsch- und Klassenlehrerin Rita Ranzig sein.

Kapitel 13

Im Paradies der Loser heißt es lesen, lesen, lesen!

Der Unterricht beginnt.

Das *Höhöhö*! von Rick ist wieder da und auch Patrizias Handy liegt auf seinem Tisch. Sogar die Cityzicken haben ihre Plätze eingenommen und kämmen beruhigend Patrizias Haar. Nur eins ist anders: Calvin sitzt neben mir und Frau Ranzig schaut gutmütig zu ihm hinüber. Mag sie ihn? Oder schaut sie mich an? Ich bin mir nicht sicher, denn sie schielt ein wenig. Dann bin ich mir sicher, denn sie spricht mich an. »Du bist also Nerd. Kannst du mir bitte sagen, welche Lektüre du zuletzt gelesen hast?«

»*Entwicklermagazin IOS 87* mit dem Special *MS76-Programmierung*.«

Frau Ranzig schielt verwirrt.

»Nein, ich würde gerne von dir wissen, welchen *Roman* du zuletzt gelesen hast?«

»*Der kleine Hobbit*.«

»Das ist aber ein dickes Buch.«

»Höhöhö. Hast du sonst nichts zu tun, Opfer?«, sagt Rick laut. Alle lachen, selbst Frau Ranzig verzieht ihren Mund zu einem Lächeln.

»Nun gut, dann reden wir von der neuen Klassenlektüre, die

wir noch vor den Sommerferien anlesen werden. Ich habe euch drei Bücher mitgebracht, von dem ihr eines auswählen dürft.

Buch A ist dick – 317 Seiten

Buch B ist dünner – 186 Seiten

Buch C ganz dünn – 79 Seiten

Wir wählen Nummer 3 mit dem Titel *Das Feuerschiff*.

»Ich muss auf Toilette«, flüstert Calvin mir ins Ohr.

Warum flüstert er? Ist das ein Geheimnis? Und sollte es nicht besser sein Geheimnis bleiben, dass er auf Toilette muss? Oder soll ich mich jetzt für seine Blase interessieren?

»Und du musst auch austreten, Nerd.«

Ich habe zwar davon gelesen, dass Mädchen immer zusammen auf Toilette gehen, aber ich bin kein Mädchen. »Nein, ich muss nicht. Gleich ist doch sowieso Pause.«

»Eben. Wir müssen uns beeilen.«

Es ergibt keinen Sinn, was er sagt. Aber ehe ich nachfragen kann, sagt er laut: »Wir beide müssen austreten, Frau Ranzig. Dürfen wir?«

Die Klasse gackert, aber wir dürfen.

Wir gehen nicht zu den Toiletten, sondern eilen die Treppe hoch zur Bibliothek. Die Glastür ist verschlossen. Frau Kastenholz hockt an der Ausleihe.

Ich frage Calvin: »Wer ist eigentlich Ricks Vater?«

»Natürlich Schmitt, der sieht ihm doch total ähnlich.«

»Direktor Schmitt?«

»Kennst du noch einen anderen Schmitt?«

»Ja, denn Schmitt ist ein beliebter Name, da er von dem Wort Schmied abgeleitet ist und vor der Erfindung des Autos in jedem noch so kleinen Ort ein Schmied zum Beschlagen der Pferde ansässig war.«

»Okay, Nerd. Aber jetzt weißt du ja, dass es *unser* Schmitt ist.«

»Es muss schwierig für den Leiter einer Schule sein, wenn sein Sohn so ungehobelt und bildungsfern ist. Ich frage mich ...«

Calvin zeigt zu Frau Kastenholz. Die kommt auf uns zu. Von ihrem Platz bis hierher sind es 17 Schritte. Genau mit dem Pausenton öffnet sie die Tür. Calvin schlüpft sofort in die Bibliothek, als sei der Teufel hinter ihm her. »Geschafft. Hier werden wir die große Pause überleben. Das ist die mobberfreie Zone der Schule, auch das Paradies der Loser genannt!«

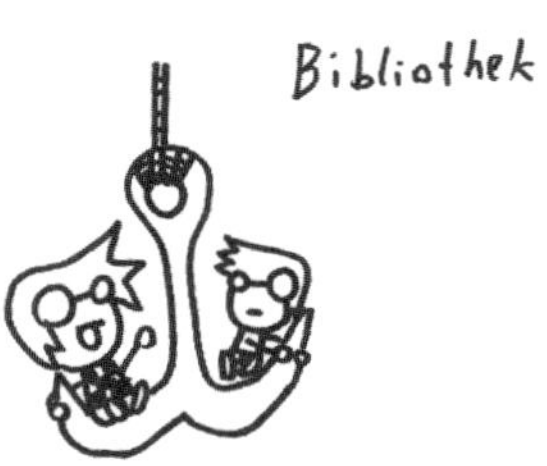

Er erklärt mir: Die Bibliothek ist unser Rettungsanker, unsere Zone, in die sich kein Rick traut. Hier wacht Frau Kastenholz zwischen den Regalen.

Und ich erhalte von ihr mit feierlicher Miene den Bibliotheksausweis überreicht. »Da musst du nur noch unterschreiben.« Das tue ich. Frau Kastenholz hat

schmale Hände, Kinderhände. Der Stempel, den sie auf meinen Ausweis haut, ist eher klumpig.

Calvin hat es eilig. »Haben Sie das Buch *Das Feuerschiff*?«

Sie geht mit uns zum Regal *Schullektüren*. Auf dem Weg dahin kommen wir an zwei Computern vorbei. »Die Computerarbeitsplätze sind für Schüler. Falls du ihn nutzen möchtest, Nerd, dann kannst du es gerne tun.«

»Ist das die Schülerzeitung?«, frage ich, denn ein Heft mit dem Titel *Tag für Tag mit Goethe* liegt neben den Computern auf dem Tisch.

Frau Kastenholz nickt. »Ja, sie ist gerade eingetroffen. Nerdine Sommer hat einen vierseitigen Aufsatz verfasst.« Die Bibliothekarin schlägt das Heft auf. Darin ist Nerdine mit einer Laborbrille zu sehen, und unter ihrem Foto steht: *Nerdine Sommer, Forscherin wie Goethe, analysiert jede Substanz.*

Ich bin beeindruckt und würde den Artikel gerne lesen, aber Calvin meint: »Jetzt nicht. Wir müssen *Das Feuerschiff* lesen.«

Elisabeth Kastenholz gibt jedem von uns ein Exemplar. Auf dem Umschlag ist ein Holzschiff abgebildet, das Feuer gefangen hat. Calvin liest gierig, ich lese ebenfalls, dann kommt Patrick, der sich zu uns setzen möchte.

»Nein«, sagt Calvin schroff. »Und fass nichts an. Hier ist der *First-Class-Losertisch*, deiner ist …« Er zeigt zum *Zweite-Klasse-Losertisch* am Fenster.

Ich frage Calvin leise: »Warum bist du so zu ihm?«

»Weil er die größte Eigenpopelsammlung der ganzen Schule unter seiner Schulbank hat.«

»Das klingt ekelig. Und warum nennst du das hier Losertisch?«

»Hast du eine bessere Bezeichnung? Oder sitzen hier etwa Rick & Co.? Und jetzt lies.«

Die Story ist simpel. *Das Feuerschiff* ist eine moderne Arche Noah. Auf der Reise langweilen sich die Hyänen Hill und Hilla zu Tode. Sie hecken einen teuflischen Plan aus … Ich sehe hinüber zu Patrick, der irgendwas kaut. Ich will nicht wissen, was es ist. Calvin zieht seinen Sechsfarbstift aus dem Mäppchen und macht sich Notizen ins Heft, während hinter dem Regal jemand Platz nimmt. Ein Duft von tausend Platinen: Nerdine! Ich schaue zwischen den Büchern hindurch, kann sie aber nicht sehen.

»Bitte, Nerd, guck nicht in der Gegend rum, sondern lies. Wir müssen das Buch zusammenfassen. Rick hat keine Lust zu lesen.«

»Ich auch nicht.«

»Du musst aber.«

Kurz darauf klingelt es schon. Pausenende!!!!

»Verdammt. Ich hab gerade mal 38 Seiten geschafft.«

»Ich bin durch«, sage ich.

»Kann nicht sein.«

Ich erzähle ihm, wie die Hyänen die Macht übernommen und Noah über Bord geworfen haben. »Am Ende gelingt es Noah allerdings, in einem Schlauchboot zurückzukehren und die Hyänen mithilfe von einem Wesen namens Ewaj in gute Tiere zu verwandeln.«

»Das hast du gelesen?«

»Ich kann das Buch auswendig.«

Er glaubt mir auch das nicht und liest einen Satz an. »Die Hyäne Hilla ließ den Blick schweifen und …«

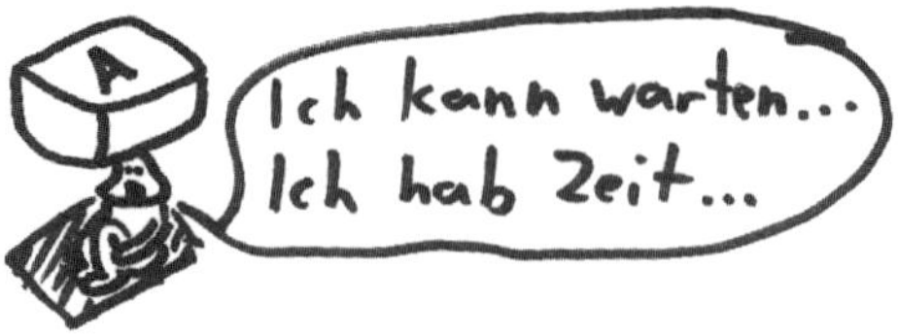

»… sah in die grünen Augen, die in der Nacht aufleuchteten. Die Eule Ethel wollte …«

»Du hast ja echt ein fotografisches Gedächtnis. Kannst du den Roman schriftlich zusammenfassen?«

Meine Finger fliegen am PC über die Tastatur. Die Tasten springen auf und nieder. *Es regnet Püppchen* hat Mama früher gesagt, wenn ich durchs Fenster geschaut habe und die Tropfen vom Asphalt aufsprangen. Heute glaube ich manchmal, dass sich Klonkrieger unter den Tasten verschanzt halten.

»Warum grinst du?«, will Calvin wissen.

»Weil unter den Tasten Klonkrieger …«

»Du bist echt ein Nerd.«

»That's my name«, sage ich möglichst locker.

Als meine Finger zur Ruhe kommen und sich die Klonkrieger endlich wieder sicher sein können, druckt der Drucker meinen Text aus.

Kapitel 14

Ricks gnadenloses Handyspiel

Zurück in der Klasse wartet Bauklo schon auf uns, denn Englischlehrerin Mrs Mistpickels ist krank. Er muss daher zwei Klassen gleichzeitig betreuen, seine und unsere.

»Na, Calvin und Nerd! Kommt ihr auch noch zum Unterricht? Bei eurer Englischlehrerin mögt ihr euch das ja erlauben können, bei mir weht ein anderer Wind.«

Das verstehe ich nicht. Ich spüre keinen Wind. Es muss wieder eine dieser sinnlosen Redewendungen sein.

»Ein Wirbelwind!«, ruft jemand hämisch.

Calvin und ich gehen zügig zu unseren Plätzen. Wieder stolpere ich über diesen unsichtbaren Otto. »Höhöhöhö« macht Rick und wie zufällig legt Calvin meine Zusammenfassung auf Ricks Tisch.

Der guckt vorwurfsvoll. »Was soll das?«

»Die Zusammenfassung von *Das Feuerschiff*«, sagt Calvin, als habe er sie geschrieben.

Rick grinst. »Brav, Calvin. Darfst dich setzen.«

Und ich rieche Zwiebelleberwurst, eine ganze Wolke kommt mir aus Ricks Richtung entgegen.

Bauklo fordert uns auf, die Hefte auf Seite 28 aufzuschlagen.

»Frau Mistpickels sagt, ihr sollt weiter arbeiten. Demnächst schreibt ihr ja noch eine Arbeit bei ihr.«

Calvin stößt mich in die Seite. »Die letzte vor den Ferien.«

»Und wenn sie noch länger krank ist?«, will Nerdine von Bauklo wissen.

»Dann werde ich die Klassenarbeit mitbringen und lasse Patrick sie austeilen.«

»Bääääääähhhh!«, schreien alle. Auch mir ist ekelig bei dem Gedanken, Patrick könnte mir ein Blatt geben, das er zuvor mit seinen Popelfingern angefasst hat.

»So, und jetzt arbeitet ruhig. Ich werde in fünfzehn Minuten zurück sein. Ich muss mit euren Mitschülern aus der D noch etwas zum Thema Licht ...«

Licht! Für eine Sekunde muss ich an den virtuellen Raum im Netz denken, in dem ich im Lichtnukleus Energie erzeugen werde. Dann aber schlage ich das Englischbuch auf. New York ist das Thema. Big Apple. Immerhin klingt das schon mal nach Computer.

Als Bauklo die Klasse verlässt, explodiert der Affenhaufen. Jetzt schaut keiner mehr ins

Englischbuch. Stifte sind jetzt nicht mehr zum Schreiben da, sondern zum Werfen. Und Bücher zum Verstecken. Patrizias Freundinnen sehen sich gegenseitig an, dann schminken sie Patrizia. »Du bist so schön. So schön. So wunderschön. Hinter den sieben Bergen wohnt niemand, der schöner ist als du. Niemals niemand«, erklingt der Chor der Schleimerinnen.

Alex steigt auf den Tisch und springt von hinten seinem Vordermann Kasimir auf die Schulter. Der bricht in sich zusammen, kippt zur Seite weg und fällt krachend auf den Boden. »Höhöhö!« Das gefällt Rick. Kasimir ist fast einen Kopf größer als Alex, aber als er sich nun wehren will, gibt ihm Alex einfach eine Ohrfeige. Wieder ertönt ein »Höhöhöhö!« Es kommt nicht darauf an, groß und stark zu sein, du musst nur fies sein. Die Klasse ist in Bewegung. Nerdine sitzt in der ersten Reihe über das Buch gebeugt und arbeitet.

Rick lehnt sich zu mir rüber. »Spielt mit mir.« Mir ist schlagartig schlecht von seinem Zwiebelleberwurst-Mundgeruch. »Handyspiel. Höhöhö!« Rick legt dazu alle geklauten Handys vor sich auf einen Haufen. Dann wählt er mit Patrizias Handy eine Nummer. Er hat auf Freisprechen und laut gestellt. Wir hören es tuten, dann klingelt eines der Handys im Haufen.

Pring! Pring! Pring!

»Geh ran!«, befiehlt mir Calvin und stößt mich in die Seite. »Mach schon! Ehe die Mailbox anspringt! Sonst hat Rick gewonnen.«

Wie soll ich wissen, welches Handy gerade klingelt? Es könnte jedes sein. Samsung, Apple, Nokia. Ich greife zu. Es ist das falsche!

»Höhöhöhö! Kannst du behalten.«

Ich soll das von mir gezogene Handy auf meinen Tisch legen. Das tue ich.

»Höhöhöhö!«

Das Spiel geht weiter und wieder ziehe ich das falsche. Wieder und wieder und immer wieder ist es nicht das richtige Handy. Das ist ein bescheuertes Spiel. Davon kriege ich Kopfschmerzen. Wieder und wieder sagt Rick: »Mailbox. Verloren. Höhöhöhö!« Er lacht mich aus. Mein Handyhaufen ist längst höher als seiner. Wieder wählt er. *Quak, Quak, Quak*. Wieder falsch gezogen.

Mittlerweile schauen alle Augen auf mich.

Heimlich schiebt mir Calvin eine Super-Gegenteil-Kapsel zu.

Rick greift danach, aber ich bin schneller und schlucke die Kapsel runter. Hoffentlich hilft sie.

»Höhöhö. Ist das der Mist, den Calvin auch schluckt?«

Alle lachen wieder. Auch Calvin. Warum lacht der?

Bauklo kommt. Der Lärm sinkt von superlaut auf laut. Und dann lässt Rick meinen ganzen Handyhaufen klingeln.

Bauklo hört den Lärm, kommt auf mich zu und blickt entsetzt auf diesen vibrierenden und klingelnden Haufen vor mir.

»Na, Nerd. Du bettelst ja geradezu nach einer Sonderaufgabe.«

Kapitel 15

Nur Piranha-Kacke macht dich richtig hart!

Diesmal lande ich nicht im Container, sondern muss Bissigs Piranhabecken säubern. Der sitzt in seinem Rollstuhl und krempelt sich die Ärmel von seinem Holzfällerhemd hoch. Helfen will er aber nicht, sondern nur Kommandos geben.

»Pass auf, Nerd. Das Saubermachen geht so: Erst mal musst du die Hälfte vom Wasser ablassen.« Er zeigt auf eine Wanne, die auf dem Boden vor dem Aquarium steht. »Da muss das Wasser rein. Dazu benutzt du diesen Schlauch.«

Das eine Ende von dem daumendicken Schlauch hänge ich oben ins Aquarium und das andere Ende baumelt jetzt unten über der Wanne. Dann knie ich mich hin, nehme das untere

Ende vom Schlauch in den Mund und sauge daran, bis Wasser kommt. Und das kommt zu schnell und so nehme ich erstmal einen kräftigen Schluck Piranhawasser.

Das ist ekelig, unendlich suuuupeeeer-eeeekeeeeelig. Wäääääääh!

»Na, Junge. Da ist Piranhakacke drin. Mit der Brühe gurgle ich jeden Morgen nach dem Zähneputzen. Härtet ab. Davon kriegst du Mumm in den Knochen.«

Mir ist übel, wie ich so vor Bissigs Rollstuhl hocke und ihn von unten anschaue.

Aber immerhin: Das Wasser läuft nun munter durch den Schlauch vom Becken hinunter in die Wanne.

»Was ist das denn?« Bissig springt aus seinem Rollstuhl auf und schaut ins Aquarium. Dann schaut er mich an und sagt: »Lass dich drücken.«

Warum?

Überglücklich ruft er: »Guck dir das an!«

Ich gucke, kann aber nichts Ungewöhnliches im Becken entdecken. Pflanzen, überall Pflanzen. Breite Blätter, ein paar gelbe und rote Blüten, Blätter, Blätter. Dschungel unter Wasser. Und natürlich die silbernen Piranhas mit ihren riesigen Zähnen, die ruhig ihre Kreise ziehen.

Bissig zieht den Schlauch aus dem Aquarium.

»Genug Wasser abgesaugt. Wir dürfen den Vater jetzt nicht mehr stören.« Welchen Vater? »Siehst du nicht die Eier, Nerd? Das sind Hunderte sein! Wenn das Dr. Bauklo sehen könnte!«

Jetzt erkenne ich erst die Eier auf dem Kies. Wie Perlen, weiß und leicht durchscheinend, liegen sie zwischen den Kieseln.

»Das Männchen kümmert sich bei den Piranhas um den Nachwuchs. Guck mal, der junge Papa verscheucht alle, die auch nur in die Nähe des Geleges kommen. Selbst der schlimmste Piranha wird am Ende lieb, wenn er etwas liebt und geliebt wird.« Als Bissig mich nun anschaut, scheint er gar nicht mehr so böse. Die Piranhas und speziell der Piranha-Papi haben offenbar sein Herz erweicht.

»Wir müssen die Eier aus dem Becken holen und in ein Brutbecken legen.« Dazu nimmt Bissig aus dem Schränkchen neben dem Aquarium ein winziges Becken hervor und ich fülle Wasser aus der Wanne hinein.

»So, nun musst du die dicken Gummihandschuhe anziehen und die Eier aus dem Aquarium holen.«

Ich mag zwar nicht den Gedanken daran, dass ich gleich ins Piranhabecken greifen soll, aber Gummihandschuhe mag ich. Sie sind sauber. Wenn du mit Hightech arbeitest, ist Sauberkeit die oberste Regel. Bei *Intel* und *Infineon* sind Gummihandschuhe Pflicht. Das ist wie auf der Säuglingsstation. Schließlich dürfen keine Viren auf die Prozessoren kommen. Und genau so ist es jetzt mit diesen Piranhas. Ganz vorsichtig muss ich arbeiten.

»Pass auf, Junge. Die Eier sind hauchdünn, hauchdünn.« Ich gehe mit dem Schäufelchen ins Aquarium. »Vorsicht! Du musst die Eier mit dem Kies hochheben und dann in das Brutbecken

legen.« Soweit bin ich noch nicht. »Mach schon«, sagt Bissig. »Wir schaffen es.«

Wir? Ist das nicht meine Hand, gegen die dieser Piranha-Vati jetzt anschwimmt? Immer und immer wieder knallt er dagegen, genau wie Pinki Panza gegen Sarahs Tür. Er versucht, seine Zähne in den Gummi zu hauen. Ich stecke das Schäufelchen in den Boden, hebe den Kiss an. »Vorsicht! Pass bloß auf!« Behutsam hebe ich das Schäufelchen. Da schwimmt der Piranha-Vati erneut gegen meine Hand. Diesmal reißt er das Maul extrem weit auf und schlitzt den Handschuh auf, beißt zu und erwischt mein Fleisch, durchtrennt meine Haut. Es pikst.

»Bleib ruhig, Nerd. Bleib ja ruhig!«

Wie soll ich das denn tun? Blut dringt aus meinem Handschuh. Mein Blut! Es ist nur ein dünner Faden Rot im Wasser, aber sofort kommen die anderen Piranhas auf meine Hand zugeschossen. Bissig sieht sich das Schauspiel an.«Sie mögen Menschenblut. Die ganzen Piranha-Zombie-Filme sagen die Wahrheit!«

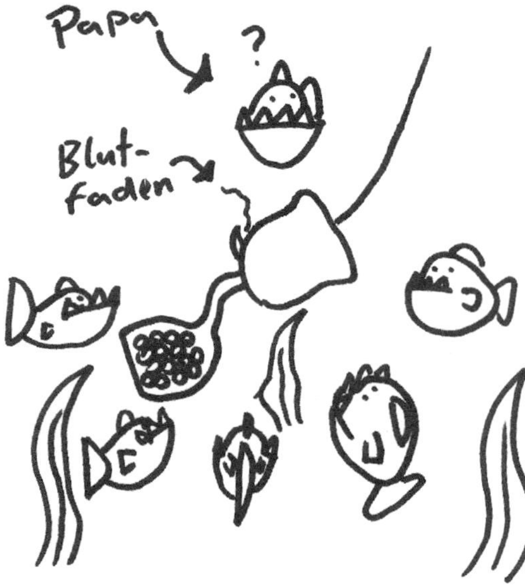

Die Piranhas sind wie eine Gruppe wild gewordener Vampire. Trotzdem bleibe ich ruhig. Und bin schnell genug, um meine Hand und das Schäufelchen aus dem Becken zu retten.

»Gut gemacht, Nerd.«

Wild geworden hacken die Piranhas nun auf einen der ihrigen ein. Entsetzt sehe ich, wie sie ihren Artgenossen zerfleischen, bis nichts mehr von ihm übrig ist.

»Mach schon, Nerd. Rette die Eier.«

Ich versenke das Schäufelchen im Brutbecken, wo die Eier samt Kies auf den Grund rieseln.

Bissig ist begeistert. Vor lauter Freude bietet er mir sogar ein Pflaster für meine Wunde an. Der Piranha-Vati hat mir nur ein winziges Stück Fleisch herausgebissen. Aber es blutet gewaltig.

»Jod«, sagt Bissig. Kein Mensch benutzt heute mehr Jod. Das ist krebserregend. Doch auf meine Einwände sagt Bissig: »Quatsch mit Soße. Da muss Jod drauf.« Schon hat er mir die beißende Flüssigkeit aufgepinselt.

»Muss brennen«, sagt er. »Das verbrennt Keime.«

Muss es dabei auch so dolle auf meiner Haut brennen? Doppelbrennnesselbrennen!!!!!

»Jod ist das Domestos der Ärzte. Beiß die Zähne zusammen.«

Das tue ich. Obwohl ich mich frage, was das nutzen soll?

Der Schmerz klingt ab und Bissig schaut in die Wanne. »Schön ist das. Ja, so muss es sein. Die Piranhas fühlen sich wohl bei mir. Oder? Sonst würden sie keine Eier legen. In meinem Aquarium. Ich bin ein Züchter. Stimmt's?«

Er scheint Wert auf meine Meinung zu legen. Deshalb sage ich »Ja«.

»Das wird Bauklo in den Wahnsinn treiben.«

»Wieso?«

»Weil er mich erst auf die Piranhas gebracht hat. Er hat selbst Piranhas und wartet seit Jahren auf Nachwuchs. Aber seine Piranhas legen einfach keine Eier. Von Dr. Bauklo weiß ich alles, was man über die kleinen Fleischfresser wissen muss, wie man sie hält und pflegt. Sein größter Traum wäre es, einmal als Piranha-Forscher zum Amazonas zu reisen und ein Buch über Piranhas zu schreiben.« Aus einem Schränkchen holt er nun noch einen kurzen Heizstab für das Wasser. »So, und jetzt machen wir Kino«, befiehlt Bissig.

Ich montiere die Cam vom PC ab und installiere sie direkt über dem Brutbecken.

»Nun kann jeder sehen, wie es mit meinem Nachwuchs weitergeht«, sagt Bissig. Und während ich noch die Piranha-Kacke im Mund schmecke, nimmt er mich wieder in den Arm, und mir ist unwohl. Sonst hat nur Sarah Körperkontakt mit mir. Wie soll sie mich sonst verprügeln?

Kapitel 16

Werde ich jetzt der Piranhaman?

Ich schaffe es vorm nächsten Pausenklingeln zur Bibliothek.

Calvin und Nerdine warten vor der Glastür.

»Wie war's beim Hausmeister?«, will Calvin wissen.

»Einer seiner Piranhas hat mich gebissen.«

Nerdine ist erschrocken. »Wirklich? Wie furchtbar!«

Calvin meint spottend: »Uuuuu. Vielleicht wirst du ja jetzt der Piranha-Man. Du hast doch die Kapseln intus.«

»Erzähl keinen Mist.«

»Spiderman war ja auch vorher normal und ist dann von einer Spinne gebissen worden und ...«

Nerdine schüttelt den Kopf. »Lass den Blödsinn, Calvin. Dein Freund hat Schmerzen.«

Ich hebe das Pflaster ein Stück an, damit sie die Verletzung sehen kann. »Nicht, dass sich das infiziert!« Nerdine berührt mich an der Hand. Mein Herz schmilzt wie ein überhitzter Prozessor.

»Das ist ja nur ein winziger Punkt«, erklärt Calvin. »Das ist doch überhaupt nicht gefährlich.«

»Hast du es desinfiziert?«, will Nerdine wissen.

»Bissig hat es getan.«

»Gut so. Ich habe gelesen, dass Fischbisse zu Wundentzündungen führen können. Eine Forschergruppe im oberen

Amazonasbecken wurde 1958 von einem Schwarm Piranhas angegriffen. Der Angriff verlief harmlos. Lediglich zwei der Forscher, ein Brite und ein Australier, hatten leichte Bisswunden. Zwei Tage später jedoch trat Fieber auf und der Tod ein.«

Mir wird mulmig. Piranhakeime mit scharfen Zähnen greifen mein Immunsystem an. Ich muss sämtliche Schutzschilde hochfahren.

»Hey, da kommen Jeremias und Jonas!«

Calvin schaut den Flur entlang. Zwei Jungen, gleich groß, gleich dürr, Seitenscheitel und gleiches T-Shirt. Es zeigt Obi Wan Kenobi mit Laserschwert in brauner Robe. Das sind also die Zwillingsnerds aus der 5d. Wie hoch ist die Wahrscheinlichkeit, dass eine Frau Nerdzwillinge bekommt, die Star-Wars-Jünger sind? Wenn ihr wollt, könnt ihr das ja mal ausrechnen.

»Seid gegrüßt!«, sagen sie.

Wer ist Jeremias, wer Jonas?

»Interessieren dich unsere *Nerd*-Brillen?«

Warum sollten sie? Sie sehen fast so aus wie meine.

»Kennst du die Marke nicht?«, fragt mich Jonas – oder ist es Jeremias? Jedenfalls fährt der andere von beiden fort: »Nerd & Nerd gibt es nicht im Laden, sondern nur im Netz. Für Nerd & Nerd brauchst du einen IQ von über 130.«

Ich drücke meine Brille fester auf die Nase.

Sie haken nach und reden lichtgeschwindigkeitsschnell. »Wie hoch ist denn dein IQ? Ist es der von Yoda oder eher der eines Klonkriegers?«

Auf Fragen bezüglich meines IQ-Wertes gebe ich nie direkt Auskunft.

»Na, sicher nicht über 130, sonst würdest du ja Nerd & Nerd tragen. Jeder, der intelligent ist und von edlem Geblüt, trägt Nerd & Nerd. Das sagen jedenfalls unsere Eltern. Und die sind Designernerds.«

»Macht nicht so viel Wind. Nerd hat einen IQ von 243«, mischt sich Nerdine ein.

Woher weiß sie das?

Ach, vermutlich hat sie meine Unterhaltung mit Calvin am Spind gehört und wusste sogleich, dass Olympiasieger Javier Sotomayor Sanabria 2,43 Meter hoch gesprungen ist.

Bevor die Zwillinge weiter fragen können, kommt Frau Kastenholz auf uns zu. Sie trägt Faltenrock und Bluse und hat sich die Haare hochgesteckt. Sie wartet hinter der Glastür, und genau in der Sekunde, in der es klingelt, dreht sie den Schlüssel im Schloss. Wir sind drin! Gerade noch rechtzeitig!

Denn die Klassentüren in den Fluren fliegen auf, die Meute stürmt heraus.

»Das hast du gut gemacht, Nerd.«

Was meint Frau Kastenholz damit?

»Na, das mit dem Hausmeister und den Piranhas. Ich habe mir auf dem Netz live die Piranha-Eier angeschaut. Ich würde sagen, die Eier haben schon einige Tage dort gelegen. Die Tiere müssten heute oder morgen schlüpfen.«

Ist sie Piranhatologin?

»Woher wissen sie das?«, frage ich. Sie wird rot im Gesicht.

»Genug Gerede über Piranhas. Wir müssen arbeiten.« Calvin will unbedingt mit Nerdine und mir Ricks Pfuschzettel für die kommende Englischarbeit anfertigen. Die Nerdzwillinge müssen derweil die Aufgaben für Tom und Darwin erledigen, die Mobber in ihrer Klasse.

Während bei uns Rick der Obermobber ist und Alex sein direkter Untergebener, bilden Tom und Darwin in der 5d eine gleichberechtigte Mobber-Doppelspitze mit jeweils eigenen Schleimern. Jonas und Jeremias skizzieren kurz auf einem DIN-A4-Blatt, wer in ihrer Klasse in der Hack- und Schleimordnung* auf welchem Platz steht. Ich mag solche Diagramme. Sie vereinfachen nicht nur physikalische und mathematische Wege, sondern Ordnungen aller Art.

*(Das Wort Schleimer ist in diesem Zusammenhang besonders interessant, denn früher waren Schleimer ehrbare Leute, die Baumzweige mit Kleber eingeschleimt haben, um Vögel zu fangen, die sich darauf setzten. Sie verdienten also ihr Geld mit professioneller Schleimerei!)

»Nerd? Könntest du bitte mal kommen?« Frau Kastenholz ruft nach mir. Sie steht mit ihren dünnen Beinchen wie eine Gottesanbeterin auf der Leiter und dreht den Beamer an der Decke.

»Kannst du bitte mit der Fernsteuerung den Beamer anschalten?«

Das kann ich. Und sehe sogleich auf der Leinwand die Piranha-Eier von Hausmeister Bissig, groß wie Kürbisse. Wie gruselig ist das denn? Riesenpiranha-Eier! Daraus schlüpfen sicher Riesenpiranhas, die auch Superman mit seinem Superhitzeblick nicht töten könnte. Piranha vs. Superman vs. Bilbo Beutlin.

Das wäre ein supersupercooler Film.

Nerdine, Calvin und die Zwillinge hält es auch nicht mehr am Losertisch.

»Jetzt könnt ihr erkennen, wie weit die kleinen Piranhababys schon sind. Richtige kleine Fischlein in zerbrechlichen Schalen. Ist das nicht putzig?«

In einem der Eier sind Zwillinge. Sie kämpfen gegeneinander. Wir sehen geschockt zu, wie einer den anderen killt, indem er ihm die Nabelschnur kappt, ihn damit erwürgt und verspeist. Wir müssen alle schlucken. Ich schaue auf das Pflaster an meinem Finger.

»Das wird Dr. Bauklo gefallen«, sagt Frau Kastenholz und klatscht in ihre zierlichen Hände.

Wir staunen über ihre überschwängliche Freude und sie wird wieder rot!

Steht sie etwa auf Dr. Bauklo?

Laut Statistik heiraten Lehrer fast immer Lehrer. Sie lernen sich im Lehrerzimmer kennen und können dort gemeinsam über Schüler und die Schule schimpfen.

Lehrer Bauklo + Bibliothekarin Kastenholz = Liebespaar … ist daher eher unwahrscheinlich!

Lehrer Bauklo + Lehrerin Ranzig = Liebespaar … ist viel wahrscheinlicher!

Kapitel 17

Nur Ultrareiche kommen auf die Arche Rick

Genau jene Frau Ranzig ist jetzt bei uns in der Klasse. Ihr erinnert euch an das *Feuerschiff*? Frau Ranzig hat uns ein Bild malen lassen. Darauf sollen wir notieren, wen wir auf unserer Arche mitnehmen würden. Rick nimmt Alex mit, Alex nimmt Rick mit, ich würde am liebsten Nerdine schreiben, schreibe aber Calvin hin. Der freut sich und nimmt mich mit. Die Freundinnen von Patrizia wollen Patrizia mitnehmen, die aber will Justin Bieber an ihrer Seite haben. Deshalb sind ihre Freundinnen und Rick beleidigt.

»Ihr werdet ersaufen«, sagt Rick zu Calvin und mir. »Ihr kriegt nämlich keinen Platz auf meiner Arche.« Vermutlich hat er recht. Stellt euch mal vor, es gäbe eine Sintflut. Die Polkappen schmelzen und direkt auf dem Schulhof würde Rick mit Alex und seinen Kumpeln eine Arche bauen. Die würde natürlich nicht mehr Arche Noah, sondern Arche Rick heißen. Und natürlich würde Rick nicht selbst Hammer und Nagel in die Hand nehmen, sondern Opfer wie Calvin und mich arbeiten lassen. Und wer dürfte am Ende auf die Arche? Hunde, Katzen, Elefanten, Kaninchen, Mäuse, Ameisen? Sicher nicht, sondern …

Ich höre wie Rita Ranzig Nerdine aufruft. »Wen würdest du mit auf deine Arche nehmen?« Nerdine will ihre Eltern und ihre Hauskatze Tigger retten und … vor meinem geistigen Auge sehe ich, wie Rick gerade auf dem Schulhof in sein Kassenhäuschen geht und Tickets für die Arche Rick verkauft. 1 Billion Euro pro Ticket. In der Schlange stehen all die Erdölmilliardäre und

Gaspipelinebesitzer, all die Typen, die scheichreich sind. »Hallo, Nerd! Aufwachen! Nerd!!!!«

Ich zucke zusammen. »Ja, Frau Ranzig.«

»Wen willst du mit auf deine Arche nehmen?«

»Nerdine!«, sage ich spontan.

Wie konnte ich das nur sagen? Sofort lachen alle. Ich kann Nerdines Gesicht nicht sehen, aber es wird rot sein, knallrot wie ein Heißluftballon, der für Lippenstift Reklame fliegt. Ich Idiot!

»Das ist schön«, ruft Rita Ranzig in den Lärm hinein. »Das ist schön, dass du an deine Mitschülerin denkst.«

Ein Zettel fliegt mir entgegen. Noch einer. Darauf steht: *Nerd & Nerdine.*

Immer mehr solche Zettel landen bei mir.

»Ruhe jetzt. Ruhe, bitte!« Frau Ranzig schlägt mit dem Klassenbuch auf ihr Pult. *KNALLL!* Und noch drei Mal. *KNALL! KNALL! KNALL!* Augenblicklich sind alle ruhig.

»Na endlich! In der nächsten Stunde werde ich euch etwas mitbringen. Einen Gegenstand, der auf meiner Arche auf alle Fälle einen Platz finden würde.«

»Was denn?«, möchte Patrick wissen und knetet dabei eine grünbraune Kugel zwischen Daumen, Zeige- und Mittelfinger. Ich will nicht wissen, woraus sie besteht. Frau Ranzig vermutlich auch nicht. Sicher hat sie Angst, Patrick könnte sie mit dem Ball bewerfen. »Also, es ist ein Barometer, und zwar ein echtes Goethe-Barometer. Ich habe es am vergangenen Wochenende in Weimar ersteigert.«

Eine der Cityzicken meldet sich: »Patrizia möchte wissen, was ein Barometer ist?«

Rita Ranzig schlägt die Hände über dem Kopf zusammen und schielt jetzt richtig stark. »Damit kann man den Luftdruck messen. Zu Goethes Zeiten, also vor rund 200 Jahren, diente es auch zur Wettervorhersage. Der Dichter Johann Wolfgang von Goethe hat sich in seinen Weimarer Jahren auch den Naturwissenschaften verschrieben und ...«

Den Rest kann ich nicht verstehen, Erklärungen interessieren keinen. Eines scheint mir aber klar. Frau Ranzig findet diesen Goethe supertoll. So wie ich den *Herrn der Ringe* toll finde, Calvin *Superman* und Patrick seine Popel.

Kapitel 18

Nackt ist absoluter Horror!

Am nächsten Tag ist der Tag der Tage.

Das hat nichts mit dem Barometer zu tun, nichts mit den Piranhas und nichts mit Pinki Panza, die dem *Pizzablitz*-Fahrer eben mit ihren Fangzangen den Seitenspiegel abgeknipst hat, sondern mit dem Stundenplan. Denn darauf steht heute SCHWIMMEN.

Ein schwarzer Bus wartet schon mit verspiegelten Scheiben vor unserer Schule. Er erinnert ein bisschen an ein Raumschiff – aber an das von Darth Vader. Über dem Eingang steht ein Schild: **Anschnallen und Klappe halten! Busführer braucht Ruhe!**

Der Fahrer besitzt ein geniales System von Spiegeln, über das er jeden Winkel im Bus kontrollieren kann. Egal, was du machst, vorn beim Busfahrer laufen alle Informationen zusammen. Der Typ ist ein Bär von einem Kerl, vor dem alle Respekt haben. Das liegt nicht zuletzt daran, dass er einen fettigen Vollbart trägt, seine Augen schmal wie Schießscharten sind, seine Zähne kariesgelb und ein mächtiger Baseballknüppel rechts von ihm auf dem Armaturenbrett liegt.

»Der war früher Hooligan«, flüstert mir Calvin zu, nachdem der Bus sich in Bewegung gesetzt hat. »Er hat acht Kerben auf seinem Schläger. Jede Kerbe steht für ...«

»RUHE!«

Wir sind kaum mal 500 Meter gefahren, da zieht der Fahrer an einem armlangen Hebel, hält den Bus an, steht auf und kommt auf Calvin und mich zu. Er schaut erst Calvin an, dann mich. »Bist du der Freund von dem da?«

»Könnten Sie bitte genau definieren, was das Wort *Freund* für Sie bedeutet?«

»Pass ja auf, Jungchen! Und quatsch nicht so viel. Ich muss mich konzentrieren! Ich bin Busfahrer. Sonst ...« Er lässt den Baseballschläger drohend auf seiner Hand wippen.

Dann setzt er sich wieder und es geht weiter.

Zehn Minuten später erreichen wir das Schwimmbad, vor dem unser Sport- und Schwimmlehrer Ritter mit seinem Cabrio parkt. Die Vordertür vom Bus schwingt auf. Wir steigen hintereinander aus. Der erste wird vom zweiten geschubst, der zweite vom dritten, der dritte vom vierten, der vierte vom fünften, der fünfte bin ich und falle aus dem Bus. Auf mich fällt Calvin. Er hat spitze

Knochen und rammt mir seinen Ellbogen in den Nacken. Es schmerzt höllisch.

Beschweren kann ich mich allerdings nicht, denn der Fahrer schreit uns an: »Haltet nicht den Verkehr auf!« Er hebt seinen Schläger und poliert ihn mit einem Samttuch. »Ich hab noch ein paar Zentimeter für Kerben frei. Also los, sonst vergesse ich mich.«

Das Schwimmbecken. Es ist gekachelt, 50 Meter lang, 8 Bahnen breit, hat richtige Wettkampfmaße und Chlorgeruch. Das nimmt mir die Luft. Das Licht fällt von der Seite durch eine riesige Wand aus Glasbausteinen hinein.

»Komm jetzt!« Sportlehrer Ritter ruft mich. Er ist so quadratisch und kompakt wie eine Tafel *Ritter Sport*-Schokolade. Seine Muskeln schauen an den Oberarmen hervor wie Haselnüsse aus der Schokolade.

Ich will nicht mit den anderen in die Umkleide. Die Umkleide ist das Mekka der Angst, denn in der Umkleide muss ich mich ausziehen! Ganz ausziehen! Ein nackter Nerd! Calvin hat schon daheim seine Schwimmhose druntergezogen.

Ich nehme die Schwimmhose aus meinem Beutel. Alex greift sofort danach. Er rennt mit meiner Hose wedelnd durch die Umkleide, schwenkt sie wie eine Fahne und wirft sie Rick zu.

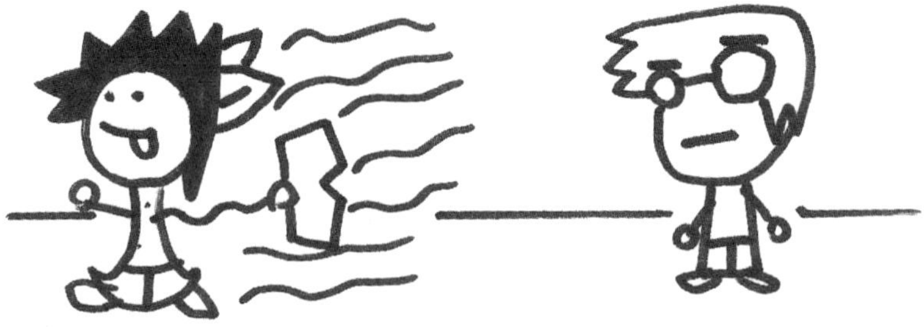

»Höhöhö!« Der wirft sie weiter zu Julian, der wirft sie zu Robert, der wirft sie wieder zu Alex.

»Willst du sie nicht, Nerd? Was ist? Hol sie dir!«

Natürlich will ich meine Schwimmhose **nicht**!

Schließlich möchte ich **nicht**! ins Wasser.

Die Rechnung lautet:
Nerd
-Klamotten
-Schwimmhose

= nackt
= **nicht!** ins Wasser

Denn Nacktschwimmen ist **nicht!** erlaubt.

Deshalb gehe ich jetzt nach Hause.

»Papperlapapp. Was soll das denn, Nerd?« Ritter Sport fischt mich auf der Flucht in der Ausgangsschleuse ab und schleift mich zurück zur Jungenumkleide. »Wenn dir Rick und Alex die Hose abnehmen, musst du sie dir zurückholen.«

»Ich mag solche Rituale nicht.«

»Gut, ich helfe dir.«

Die Tür zur Umkleide fliegt auf. Mr Ritter Sport steht vor mir

im Türrahmen, ich folge ihm in seinem Windschatten.

»Wo ist die Schwimmhose von Nerd!« Ritter Sport schaut Rick an, Rick schaut Alex an, Alex schaut zwischen den Beinen von Ritter Sport auf mich. Ich schaue zu Calvin, Calvin schaut auf den Platz neben sich und sagt in aller Ruhe: »Da ist doch Nerds Badehose.«

»Siehst du, Nerd. Ich würde es mal mit Kontaktlinsen versuchen. Und ihr lasst den Jungen gefälligst in Ruhe. Nur weil er anders ist als ihr, ist er trotzdem euer Mitschüler.«

Alle sollen nun tief einatmen und gemeinsam aus voller Kehle rufen: »Wir lassen keinen allein!«

Sie gehorchen und rufen: »Wir lassen keinen allein!«

»Das geht auch **LAUTER**!«

»**Wir lassen keinen allein!**«

»Na, siehst du, Nerd. So schön ist Gemeinschaft. Du kannst dich darauf verlassen, dass du bei uns nie alleine bist.«

Ritter Sport verlässt zufrieden die Umkleide und Calvin hält mir ein Handtuch vor, damit ich mir meine Schwimmhose anziehen kann. Es ist ein merkwürdiges Gefühl, wie ich hineinsteige. Irgendwas ist komisch, ein bisschen glibberig am Po. Ich schaue hinunter auf meine Beine. Braune Flecken und in der Badehose ist es glitschig. Ekelig

glitschig! Suuuuuper ekeeelig, suuuuper glischtig! Etwas Braunes, Glitschiges ist in meiner Hose.

»Was ist daaaaaas?!!!! Baaaaaah!!!!!«

Ich renne in die Dusche, reiße die Badehose runter und …

Entschuldigt bitte für den schwarzen Balken an jener Stelle, wo eben noch meine Badehose gesessen hat. Aber manche Geheimnisse müssen Geheimnisse bleiben. Keiner soll einen Nerd so sehen. Selbst wenn ihr treue Leser seid, aber es reicht, wenn meine Mitschüler mich so sehen. Sie stehen um mich herum und grölen.

Rick ruft: »ALLETUN! ALLETUN! ALLETUN! NUTELLA!«

Verdammt! Das ist ja gar nicht wirklich ekelig, das ist **NUTELLA!**

»Wo bleibt ihr! Ich warte!« Es ist Ritter Sports donnerndes Organ, das aus der Umkleide zu uns in die Dusche dringt.

Alle rennen raus. Nur Calvin wartet noch eine Sekunde, dann sagt er: »Ich muss. Du schaffst das schon.« So bleibe nur ich zurück mit meiner Nutella-Hose in der Hand und dem Balken. Mr Ritter Sport kommt rein. »Was machst du denn da, Nerd? Das ist ja übel.«

»Das ist Nutella«, sage ich.

»Das ist nicht normal«, sagt er. »Reiß dich mal ein bisschen zusammen, Junge. Wir sind hier zum Schwimmen und nicht für irgendwelche Spielchen, die du dir ausdenkst.«

Kapitel 19

Können die etwa Wasser-Judo und Aqua-Karate?

Stellt euch einen Nerd in einer gelb-rot-gestreiften Badehose vor. Dazu trägt er eine hellblaue Badekappe. Seht ihr ihn vor eurem geistigen Auge? Genau so sehe ich aus. Das sind zwar die Farben von Superman, aber ich bin kein Superman, sondern nur …

»Hey, Nerd!«, ruft Ritter Sport und winkt mich zu sich. Ich laufe vorsichtig am Beckenrand entlang. Die anderen sind im Wasser und schwimmen ihre Bahnen. In keiner *Star Wars*-Episode müssen Luke Skywalker oder Prinzessin Leia in einem Becken gefüllt mit Wasser, schwimmen. In künftigen Zeiten und fernen Galaxien wird diese Form der Fortbewegung also aussterben.

Ich sage zu Ritter Sport: »Ich kann nicht schwimmen.«

»Kein Problem.« Ritter Sport ruft: »Hey, Rick! Los! Komm raus aus dem Becken! Hol die Schwimmärmchen für Nerd!«

Drei Minuten später kniet Rick vor mir und bläst meine Airbags auf. Einatmen, ausatmen, einatmen … zwischen zwei Atemzügen sagt er: »Ich hasse dich, Nerd! Das kriegst du zurück.«

»Was willst du mir zurückgeben? Ich habe dir doch gar nichts geliehen.«

»Halt mich nicht für doof. Du elender Schleimer«, schmettert er mir entgegen und pustet mir gelbe Rickrotze ins Schwimmärmchen. Dann bläst er noch ein letztes Mal kräftig rein.

»Fertig und verrecke!«

Ritter Sport befiehlt: »Hinter die Startblöcke mit euch.«

Ich muss mich auch dahinter aufstellen.

Hier eine Textaufgabe: Wir sind 32 Schüler und es gibt 8 Startblöcke.
Wie viele Schüler stehen hinter jedem Startblock?
a) 3 Schüler b) 4 Schüler c) 8 Schüler

Ergebnis in Hochmittelelbisch:

Aber einer von den 32 Schülern zittert und das bin **ICH**! Nerdine dreht sich zu mir um. Sie trägt ein kleines Seepferdchen auf ihrem Badeanzug. Rick steht in der Reihe neben uns. Er hat einen Hai auf seine Hose genäht.

Alex erklärt mir: »Dafür musste Rick auf 50 Meter vier Nerds unter Wasser tauchen.«

Rick macht: »Höhöhöhö, Nerd. Ich hab Sharky, du nicht mal 'n Seepferdchen.«

In der Logik dieser Auszeichnungen muss Seepferdchen also auch etwas Brutales sein. Vielleicht hat Nerdine eine Auszeichnung in Wasserjudo oder Aquakarate.

»Ruhe!«, schreit Ritter Sport. »Die nächsten acht auf die Startblöcke!«

Alle hören auf sein Kommando. Patrizia dreht sich das Haar zu einem Dutt hoch. Sie ist die einzige, die keine Badekappe tragen muss, obwohl sie die längsten Haare hat. Rick schaut zu ihr, und Nerdine nimmt vor mir Haltung ein, beugt sich weit nach vorn. Das Band ihrer Schwimmbrille sitzt fest auf der Badekappe. Wie sie sich jetzt zu mir umdreht und mich anlächelt, erinnert sie mich an das Foto in der Schülerzeitung, auf dem sie die Laborbrille trägt.

Ritter Sport ruft: »Fertig!« Dann pfeift er laut.

Obwohl alle acht Schwimmer Köpper machen, spritzt bei Rick das Wasser am höchsten Bei Nerdine vibriert kaum die Oberfläche. Lautlos dringt sie ein. Sie kraulen um die Wette, ganz

außen Popel-Patrick. Um ihn herum schwimmt ein brauner, undefinierbarer Film auf dem Wasser mit, so wie Öl, nur schleimiger. Patrizia ist auch im Becken, ihr Dutt ist trotz Köpper nicht nass geworden. Nerdine ist schneller als Rick, der auf das Wasser einhämmert, als wolle er jeden Tropfen k.o. schlagen. Am Ende gewinnt Nerdine vor Popel-Patrick. Und als Rick aus dem Wasser steigt, hängt seine Mähne nass den Schädel herunter.

»Steig auch mal auf den Startblock …« Ritter Sport stupst mich voran. »Siehst du nicht, dass die anderen schon zum Sprung bereit sind?«

»Ich möchte nicht springen. Könnte ich bitte …«

Er unterbricht mich. »Beug dich nach vorne, Nerd … richtig … Wenn ich pfeife, stößt du dich mit den Beinen ab und springst mit dem Kopf voran.«

»Und dann?«

»Versuchst du mit Kraulbewegungen irgendwie auf die andere Seite des Beckens zu kommen. Guck mal, wie viele Mädchen da sitzen. Da musst du hin. Dir kann ja nichts passieren. Du hast Schwimmärmchen an.«

Wenn ich seiner Anweisung folge, werde ich schon bei einem Eintauchwinkel von 38 Grad mit dem Kopf unter Wasser kommen. Ritter Sport setzt die Pfeife an den Mund, schreit »Feeertig!!!« und pfeift.

Neben mir tauchen sie ins Wasser ein.
Ich nicht.

»Uuuuuuund spring! … Spring einfach, Nerd!«

Ich stelle mich aufrecht.
»Nein!«

»Gut, Nerd. Ich kann dich nicht zwingen.«
Ritter Sport ruft:
»Yvonne!«

Kapitel 20

Abwärts ins Schwimmbecken des Grauens!

Yvonne geht auch in meine Klasse, ist schlank, ein wenig muskulös. Ich habe Yvonne bislang nicht erwähnt, weil sie in meiner Geschichte noch keine Rolle gespielt hat und unscheinbar ist. Es gibt in der Klasse Streber, Nerds, Mobber, stellvertretende Mobber wie Alex, Mitlacher und Yvonnes, die einfach zu keiner Gruppe gehören. Sie leben im ständigen Freio, sind unberührbar und dürfen sich auf den Unterricht konzentrieren, als hätten sie Tarnkappen an. Ihr erinnert euch an *Super Mario 64 15*. Da heißt es: *Herzlich willkommen! In diesem Kurs kannst Du den blauen Schalter entdecken. Löst Du ihn aus, so kannst Du in allen blauen Blöcken Tarnkappen finden, die dich unsichtbar machen. Auf diese Weise kannst du durch bestimmte Wände gehen und Gegnern ungesehen ausweichen.*

Mädchen wie Yvonne haben jede Menge blauer Schalter entdeckt. Sie trabt jedenfalls jetzt locker auf uns zu. Badeanzug und Badekappe sind beide blassgrün, sie liegen eng an wie eine zweite Haut. Yvonne sieht aus, als wäre sie eine Nixe aus Atlantis.

»Geh mal mit Nerd runter.«

»Na, dann komm.«

Yvonne geht zur Treppe, ich folge ihr.

»Du kannst die Schwimmärmchen ruhig ausziehen.«

»Sie behindern mich nicht beim Laufen, viel mehr geben sie mir Sicherheit. Wenn ich falle, falle ich zumindest am Oberarm weich. Und die Wahrscheinlichkeit, dass ich mir einen Schlüsselbeinbruch zufüge, ist auch geringer.«

Die Treppe ist lang. Was glaubt ihr, was uns dort unten erwartet?

a) Ein Kraftraum?
b) Ein Parallelschwimmbad wie ein Paralleluniversum?
c) Eine Treppe, die direkt wieder hinaufführt?
d) Ein Becken mit Riesenpiranhas?
Keine Antwort ist richtig. Es wäre gewesen:
e) Halle mit Schwimmbecken

Das Becken ist halb so groß wie das oben und halb so tief. Ich schreite es ab. 17 Schritte sind es in der Länge, 9 in der Breite.

»Was machst du da?«

»Das Becken kann aufgrund seiner Maße nicht für Schwimmwettkämpfe genutzt werden.«

»Und wie muss deiner Meinung nach ein Wettkampfbecken sein?«

Es geht hier nicht um meine Meinung, aber ich sage es ihr trotzdem: »Länge 50 Meter, Breite 25 Meter, Anzahl der Bahnen 10, wobei nur auf 8 geschwommen wird, somit beträgt die Schwimmbahnbreite 2,5 Meter. Die Wassertemperatur sollte bei 25 Grad Celsius liegen und die Lichtstärke höher als 1500 Lux. Die Tiefe muss mindestens bei zwei Metern sein.«

»Aber Schwimmen kannst du Schlaumeier nicht.«

Ich schüttele den Kopf.

»Dann wirst du aber sicher auch wissen, was das für ein Becken ist?«

Ich weiß es nicht. Es entspricht keiner Norm.

»Es ist ein Anfängerbecken, Nerd. Und da kommst du jetzt rein.«

Ich bin mir nicht sicher, ob sie nun schlecht gelaunt ist.

Yvonne geht in den Kommandoraum am Rande des Beckens. Ich schaue durch die Glasscheibe zu ihr hinein. Sie zieht am Pult einen von sechs Hebeln nach unten. Ein kurzer Ruck ist zu hören, dann ein Blubbern. Langsam hebt sich der Boden des Beckens. Es wirkt wie in Batmans Halle, kurz bevor die Pforte für das Batmobil geöffnet wird.

Sie kehrt aus dem Kommandoraum zurück.

»Hüpf rein, Nerd. Das Wasser ist höchstens noch einen Meter tief.«

Es spielt keine Rolle, ob du einen Föhn in eine volle oder eine halbvolle Wanne wirfst, du bekommst einen Stromschlag. Es spielt auch keine Rolle, ob ein Nerd in ein volles oder ein halb volles Becken springt. Am Ende wird er im Schwimmbecken des Grauens ertrinken.

»Du bist wasserscheu. Stimmt's, Schlaumeier?«

Dass sie mich immer Schlaumeier nennt, ist ein eindeutiges Zeichen dafür, dass sie wütend auf mich ist. »Als wasserscheu würde ich es nicht definieren. Kein Nerd hat je schwimmen gelernt. Das ist ein Gesetz wie die Schwerkraft.«

»Wenn du meinst. Die Regel könnte also lauten: Ein Apfel fällt nie nach oben, ein Nerd springt nie ins Wasser.«

Sie hat mich verstanden.

Dann kommt sie zu mir. Wir sehen uns an und … sie schubst mich. Ich stolpere rückwärts, falle über den Beckenrand ins Wasser, bin unter Wasser. Meine Nase ist voll Wasser. Wasser wird in meine Lungen eindringen. Ich drehe mich, werde sterben. Dann spüre

ich den Boden unter meinen Füßen und stelle mich aufrecht. Nur diesem Boden und den Schwimmärmchen ist es zu verdanken, dass ich wieder auftauche und euch meine Geschichte überhaupt noch erzählen kann.

Yvonne hüpft zu mir ins Becken. »Beginnen wir mit dem Unterricht. Brustschwimmen. Streck die Arme vor dem Körper nach vorne.«

»Ich würde lieber duschen.«

»Jetzt nimm die Arme nach vorne, Nerd. Du nervst, weißt du das eigentlich?«

Wenn sie das mit den Armen so unbedingt möchte, kann ich es ja tun.

»Lege die ausgestreckten Hände zusammen.« Sie zeigt mir die Armbewegungen für das Brustschwimmen und wiederholt sie mehrmals. »Immer schön beim Schwimmen den Kopf über Wasser halten. Hast du das verstanden?«

»Letzteres ist nicht schwer zu verstehen.«

»Ich meine die Schwimmbewegungen. Hast du kapiert, wie die Schwimmbewegungen gehen?«

»Ich habe schon vor zwei Jahren die Programmierung *Schwimmender Frosch* an meinem damaligen Roboter XG3 vorgenommen. Das war ein ähnlicher Bewegungsablauf. Dort musste ich XG3 mittels eines Dialektes der Programmiersprache PB7.7 froschähnliche Bewegungen zur Fortbewegung im Wasser vorgeben. Bei seinem finalen Kampf gegen Pinki Panza nutzte ihm dies jedoch nichts.«

Yvonne kennt weder *Schwimmender Frosch* noch Robota. »Ich bin nur an einem schwimmenden Nerd interessiert«, sagt sie. Doch sie unterbricht ihren Unterricht, denn sie muss hoch zu Herrn Ritter. »Er hat den Schlüssel für den Schrank mit den Schwimmnudeln. Die brauchen wir, um sie dir vorn unter die Achseln zu klemmen, damit du genügend Auftrieb hast. Die Schwimmärmchen reichen dazu nicht aus.«

Das mag sein, trotzdem gebe ich ihr jetzt nur ungern die Schwimmärmchen ab.

»Warte hier im Wasser. Es dauert nicht lange.«

Kapitel 21

»Schwimm, Nerd, SCHWIMM!!!!«

Ich fühle mich nicht wohl. Ich muss über Fakten nachdenken, um mich abzulenken. Wenn die Wassertemperatur unter 18 Grad sinkt, dann schreitet bei Schwimmwettkämpfen der Jugendschutz ein. Das hätte ich ihr eben auch noch erzählen können. Ich frage mich, welche Temperatur dieses Becken hat und wo sie bleibt, und schaue zur Treppe. Doch dort steigt nicht Yvonne hinunter, sondern Rick – im Schlepptau hat er Alex.

»Hey, wenn das nicht unser Nerd ist! Höhöhö!«

Wieso sollte ich es nicht sein?

Rick geht zum Kontrollraum und ruft: »Rache für die Schwimmärmchen!« Er drückt den gleichen Schalter wie Yvonne, nur in die entgegengesetzte Richtung. Der Boden unter meinen Füßen sinkt, erst langsam, dann schneller. Ich sinke ebenfalls. Ein Nerd sinkt im Wasser wie jeder andere Gegenstand.

Ich habe weder Schwimmärmchen noch Poolnudeln. Das ist, als ob du ohne Schutzschilde in einen Asteroidenhagel hineinfliegst. Du kannst nur verlieren.

»Höhöhöhö«, höre ich Ricks Lachen. Es hallt durch die Halle. »Höhöhöhö.«

Ich muss raus, laufe zum Rand, wo meine Schwimmärmchen

liegen. Das Wasser steigt weiter, ist schon an meinem Hals. Geschafft! Ich klammere mich mit den Fingern an den Beckenrand. Da kommt Alex angeschossen. Er greift sich die Schwimmärmchen und öffnet die Ventile. Gelbe Rickrotze fliegt mir entgegen, trifft mein Gesicht. Ich halte mich am Beckenrand fest. Dann tritt er mir mit seinen Flipflops auf die Finger. Auuuuaaaaa! Ich lasse los.

»Höhöhöhö! Schwimm!«, ruft Rick aus dem Kontrollraum. »Schwimm, Nerd! Schwimm!«

Der Beckenboden sinkt weiter. Ich falte die Hände an meinen ausgestreckten Armen und beginne mit den Schwimmbewegungen, winkle die Ellbogen an, drücke das Wasser auseinander, ziehe die Hände zu mir. Du musst wie ein Roboter sein, sei ein *Schwimmender Frosch*. Das Wasser steht mir bis zum Kinn, geht mir bis zur Nase. Wasser dringt ein.

Ich gebe Befehle an meine Gliedmaßen: Hände, Füße, Arme, Beine – und Atmung.

Und?

Versinke!!!!!!!

Das ist das Ende von Nerd. Ich werde XG3 in die Unendlichkeit folgen und höre schon sanfte Musik aus dem Auenland. Ich werde sterben, lange bevor ich den Nobelpreis für meine Lichtenergie erhalten habe. Meine Eltern werden um mich trauern, meine Schwester mein Zimmer bekommen, und Pinki Panza wird sich zur mächtigsten Robota der Welt aufschwingen.

Da berührt mich etwas, zieht mich an der Schulter, reißt an meinen Haaren. Ich bin nicht alleine. Jemand hält mich. Wir lassen keinen allein! Das haben sie gerufen. »Schwimm, Nerd! Schwimm!« Das ist Nerdines Stimme – und dann spüre ich viele Hände, die mich aus dem Wasser ziehen.

»Leg ihn auf das Handtuch«, höre ich Ritter Sport, aber meine Augen sind schwer. Ich kann sie nicht öffnen. »Sag was, Junge. Los! Ich bin es, Herr Ritter. Sprich mit mir!«

Was sagt man in so einem Augenblick? Habt ihr schon mal darüber nachgedacht? Ich nicht. Man müsste für solche Rettungsmomente etwas auswendig lernen. Vielleicht sollte ich jetzt sagen: … *Ich bin Nerd! … Das Wetter ist fantastisch! … Ich lebe! … Bleiben Sie ruhig, rufen Sie Bat-, Super- oder Spiderman!*

»Rede! Mensch, Junge!«, schreit Ritter Sport.

Gerade als ich die Augen öffnen will, gibt er mir eine Ohrfeige. Das brennt höllisch.

»Auuuuuaaaaaa!«

»Ja, genau, rede mit uns!«

Ich reiße die Augen auf. Sehe Ritter Sport undeutlich, er kniet vor mir. Seine Hand kommt wieder auf mich zu wie eine Bratpfanne!

»Nicht schlagen!«

Doch er haut noch einmal zu. Dann schaut er mich überglücklich an und sagt: »Ich habe dir das Leben gerettet, Junge.«

Die anderen stehen um uns herum und rufen: »Er hat dir das Leben gerettet!!!!«

Nerdine hält meinen Kopf. Das fühlt sich gut an, und sie sagt zu mir: »Du musst schwimmen lernen, Nerd. Versprich mir das. Lern schwimmen.«

Rick und Alex erwarten mich in der Umkleide. Calvin behält seine nasse Schwimmhose an und zieht seine Jeans drüber. Er hat Angst vorm schwarzen Balken. Mir klaut Alex die Unterhose. Er rennt damit durch die Umkleide. »Hast dich wohl nicht getraut uns zu verpetzen. Loooooser!« Dabei hält er sich mit der Rechten das Loser-L mit Zeigefinger und Daumen vor die Stirn.

»Höhöhö!«

Ich schlüpfe also ohne Unterhose in meine Klamotten.

»Höhöhö!«

Kapitel 22

Millionen Tröööööstbotschaften helfen nichts!

Mittags bin ich schon wieder daheim. Und Mama fragt mich: »Wie war es heute in der Schule?«

»Ich habe Hunger.«

»Ihr habt doch eine Kantine. Es gibt Vorschriften. In der Schulkantine erhält ein Schüler …« Sie zeigt mir einen Kalorienplan der Schulbehörde, den sie sich aus dem Netz gezogen hat. »… Speisen mit mindestens 480 Kalorien. Das sind drei Frankfurter Würstchen und ein bisschen Kartoffelsalat. Dazu noch ein Glas Limo oder … und alles darf nicht mehr als zwei Euro und siebenundachtzig Cents kosten.«

Ich stoppe Mama. »Ich habe Hunger und ich will ein Handy, Mama.«

»Warum?«

»Weil alle ein Handy haben, damit Rick es ihnen klauen kann. Das braucht man in der Schule.«

Mama schaut mich an: »Hast du Pipi in die Hose gemacht?«

Jetzt erst sehe ich den Fleck. »Nein, nein, das ist Wasser.«

»Stinkt der Junge schon wieder von der Schule?«, fragt Papa.

Und da höre ich auch schon Sarahs Stimme. »Iiiiihhh, Pipiiiiiii!«

Ich renne ins Bad und würde am liebsten nie wieder aus der Dusche steigen. Stell dir vor, du gehst ins Bad, schließt ab und drehst das Wasser so heiß auf, dass du einläufst wie ein T-Shirt. Ich würde kleiner und kleiner, bis ich im Abfluss weggespült würde. Weit raus ins Meer. Ich hätte noch meine Badehose an. Am Ende wäre ich nur ein kleiner gelbroter Punkt im Meer, so klein wie die Super-Gegenteil-Kapseln von Calvin. Ich wäre so leicht, dass ich nicht untergehen könnte. Ich würde schweben. Schwerelos macht einen das Wasser. Ich würde den Menschen sagen, dass sie gut zueinander sein sollen. Das ganze Universum muss zusammenarbeiten. Ich würde es posten und twittern. Stellt euch vor, Jesus hätte schon Twitter gehabt. Ich wäre zwar nur ein gelbroter Punkt im Meer, aber …

»Träumst du?« Mama klopft an die Duschkabine. »Ich rufe dich schon die ganze Zeit. Der UPS-Bote ist da. Dein Computer ist gekommen.«

»Habe ich doch gar nicht bestellt.«

»Aber ein gewisser Bilbo Beutlin.« Mama geht davon aus, dass das mein Spitzname ist.

In meinen Darth-Vader-Bademantel gehüllt, gehe ich vorbei an Sarahs Tür:

Ich gehe leise weiter in mein Zimmer und da thront mein neuer PC auf dem Schreibtisch.

Bilbo ist und bleibt halt mein bester Freund. Selbst wenn kein Bus vom Auenland hier hält und er mir niemals zu Hilfe kommen kann. Er erscheint auf dem Bildschirm, trägt seine Kniebundhose aus Tweed und raucht Pfeife. »Sei gegrüßt, mein Nerd. Endlich bist du wieder online.«

»Dachte, du würdest mir zu Hilfe kommen.«

»Wie soll ich aus der Ferne helfen? Ich kann es nur über die Wurzeln aus dem Auenland.«

»Ich bin immer noch in der Schule.«

»Das weiß ich.« Er schickt mir das Müllcontainer-Foto: Ein gewisser Ricardo hat es überall gepostet. Und darunter steht fett: **UNSER NERD!**

Wenn künftige Generationen wissen wollen, warum ich ein Versager bin, dann ist das die Blackbox für sie. Da ich über 80 Millionen Freunde habe, habe ich auch schon Millionen von

Tröööööstbotschaften im Postfach. *Ey, Nerd. Lass den Kopf nicht hängen. Mobbing finden wir nicht gut! Mobbing ist echt fies! Mobbing ist …*

Ihr kennt das ja selbst. Tröst, tröst, tröst. Hilfe ist das nicht, es macht mich fast noch fertiger. Denn keiner von denen wird zu Rick gehen und ihm sagen, was für ein Schwein er ist.

Bilbo meint: »Du musst nicht mehr in die böse Schule und zu diesem fiesen Hausmeister, jetzt hast du ja wieder einen PC.«

»Der Hausmeister ist heute schon freundlicher gewesen.«

»Der dunkle Sauron hatte auch eine gute Seite. Trotzdem musst du erst einmal diesen Schul-Sauron von Hausmeister besiegen. Ich habe ihm schon mächtig Angst eingejagt, bin mit dem *Einen Ring* über seinen Bildschirm gelaufen und habe ihm lauthals gedroht: »Die Macht des Rings wird dich zerstören!«

Eine Freundschaftsanfrage von Calvin trifft ein.

Nun sind es nicht mehr 84.398.912 sondern 84.398.913 Freunde.

Er schreibt: »Tschuldigung, dass ich heute mit Rick und Alex über dich gelacht habe.«

»Schon okay«, schreibe ich. Ich habe auf YouTube einen Film darüber gesehen, wie sich Schüler miteinander unterhalten. Sie sagen Dinge wie *Schon okay!* oder *Mach dir nichts draus!* Am Ende macht sich der andere auch nichts draus und lacht wieder über seinen Freund.

»Wir sind jetzt Freunde?«

Das Fragezeichen hinter Calvins Satz drückt aus, dass er sich nicht sicher ist. Ich bin es auch nicht, weil ich nicht weiß, was eine *Real Life*-Freundschaft ist. Ich antworte jedenfalls Calvin: »Ja, das sind wir.«

Er antwortet wiederum mit einem ☺. »Hast du schon mitgekriegt, dass die Albert-Einstein-Schule abgebrannt ist? Eines der Mädchen soll es getan haben. Sie hat mit Schwefel hantiert.

Jedenfalls müssen die jetzt erst mal nicht mehr zur Schule. Mein Vater sagt, das sei nicht gut für diese Kinder, sie müssten mit anderen Schülern zusammen sein, um sozialen Umgang zu lernen.«

»Ist dein Papa hochbegabt?«

»Nein, sonst würde er doch so was nicht erzählen :D«

Ich weiß nicht, was ich dazu schreiben soll, schreibe also nur ein ☺ und füge Calvin zu meinen engsten Freunden hinzu. Ihr erinnert euch an den Indianer mit der Feder am Stirnband, den verfressenen Amerikaner, den Rastalockenjamaikaner, den Russen, den Zauberer aus Hogwarts und natürlich an meinen allerbesten Freund Bilbo Beutlin. Und nun kommt noch Calvin hinzu, der allerdings bei Gefahr zusammenklappt wie ein Eisbecher-Schirmchen. Wie sagt Obi-Wan Kenobi? *Wer ist der größere Tor? Der Tor oder der Tor, der ihm folgt?* Trotzdem ist er mein erster und einziger *Real Life*-Friend – kurz: RLF.

Ich poste ihm und Bilbo den Link zur Cam über dem Piranhabecken von Hausmeister Bissig.

»Hat doch jeder schon in der Schule«, schreibt Calvin. »Schließlich läuft die Eiergeschichte auf Großleinwand bei Frau Kastenholz. Public Viewing sozusagen ☺.«

Als Bilbo nun auch noch schreibt: »Hab ich schon gesehen«, bin ich erstaunt. Prompt kommt die Erklärung aus dem Auenland. »Das hat der Hausmeister Bissig gepostet.«

Ist der auch im Netz unterwegs?

Kapitel 23

Wie der schreckliche Bissig mein Freund wurde!

Am nächsten Tag bin ich wieder in der Schule. Ich hatte das Summen hinter mir schon wahrgenommen, jetzt höre ich das *Miep! Miep!* der Rollstuhlhupe: »Hey, Nerd.«

»Guten Morgen, Herr Bissig.«

»Du hast mir die Piranha-Eier gerettet.«

Ein solcher Satz ist Gold wert. Besonders, wenn alle ihn vor dem Unterricht auf dem Flur mitkriegen. Rick, Alex, Nerdine, Calvin und sogar die Cityzicken schauen zu mir, während ich gerade meinen Spind öffne. Nur Patrick hört wieder nichts. Er ist vertieft in seine Nase, während er seinen Spind öffnet. Ich möchte nicht wissen, was es darin gibt. Bestimmt nur Popel* in den verschiedensten Farben von tiefgrün bis dunkelbraun. *(Der Popel – in Bayern wird er oft *Rammel* und in Köln *Mömmes* genannt. Damit wird angetrocknetes und verklumptes Nasensekret bezeichnet. Die Farbe des Nasensekretes/Popels kann euch Informationen über Krankheiten geben. Ist es gelb, weist dies auf eine Vereiterung hin (Nasennebenhöhlenentzündung), grün auf Bakterien, bei Schnupfen ist es klar und flüssig. Übrigens: Die Angewohnheit, Popel zu essen, wird von Ärzten *Mukophagie*

genannt. Das ist nicht schädlich, aber **eeeeekelig**. Ähnlich dem Eigenfurzriechen, indem man die ausgetretene Luft Richtung Nase wedelt!)

Aber zurück zum Flur in der Schule. Es ist kurz vor Unterrichtsbeginn und Bissig ist nett zu mir. Er schlägt vor: »Ich kann dir einen Schlüssel für ein No-Nerd-Spind besorgen.«

»Schon gut«, sage ich. »Ich heiße Nerd. Und wo mein Name ist, da ist mein Spind. Ich habe schon verschiedene Orte in der Schule gefunden, an denen ich mich wohlfühle. Als da wären die Bibliothek, die Hausmeisterloge sowie der Schwimmbus.«

»Du hast es wirklich drauf. Mein PC läuft jetzt jedenfalls wieder rund und dafür möchte ich dir danken. Obwohl irgend so ein kleiner Hobbit bei jedem Hochfahren quer über meinen Bildschirm rennt und mich mit erhobener Streitaxt wie wild anschreit.«

»Was schreit der denn?«

»Lass meinen Nerd in Ruhe! Dabei ist sein Stimmchen piepsig wie das einer Maus.« Der Hausmeister lacht und steckt mich mit seinem Lachen an. Calvin auch, Nerdine auch, selbst die Cityzicken müssen über mein Lachen lachen. Und deshalb lacht Rick nicht. Und weil Rick nicht lacht, darf Alex auch nicht lachen.

»Bilbo ist mein Freund.«

»Und warum lachst du dann über ihn?«, fragt der Hausmeister überraschend ernst.

Ich bin geschockt. Das stimmt! Warum lache ich über meinen besten Freund?

Dann lacht der Hausmeister selbst wieder und sagt: »Dieser Hobbit? Das ist doch nur irgendeine Animation.«

»Nein«, sage ich. »Ist es nicht. Bilbo Beutlin gibt es.«

Jetzt lacht Rick über mich und deshalb lacht auch Alex. Nur Nerdine lacht nicht über mich, denn ich glaube, sie mag mich.

Bissig versteht mich nicht. Für ihn gibt es Bilbo Beutlin nicht wirklich. Das sagt er jedenfalls. Für ihn gibt es nur eine Wirklichkeit. Für ihn ist alles klar. Schuhe sind für ihn Wirklichkeit. Die Knöpfe an seinem Hemd, der Boden unter seinen Füßen, die Schule, die Spinde …

»Jedenfalls kannst du immer zu mir in die Hausmeisterloge kommen, falls etwas anliegt. Denk immer daran: Piranhas nehmen Witterung auf, suchen die Schwachen und jagen sie als

Meute. Nicht zu ihrem Schutz, vielmehr wegen des strategischen Erfolgs.

Beim ersten Biss fließt etwas Blut des Opfers. Das Blut zieht dann den ganzen Schwarm an. Sie gehen taktisch, fast methodisch vor.« Dabei schaut er zu Rick rüber. »Aber diese Piranhas wie Rick bekommen es mit mir zu tun, dem *pygocentrus nattereri*, falls sie meinen Nerd nicht in Ruhe lassen.« Rick erträgt Bissigs beißenden Blick nicht, er wendet sich ab und schlägt wütend in seinen Spind.

PAM! PAM! PAM!

Nun stehe ich also unter dem Schutz von Hausmeister Bissig. Das ist, als ob Darth Vader wirklich dein Vater ist. Nichts kann mir mehr passieren. Rick hat Angst und somit Respekt vor mir. So wie die Schlümpfe vor dem bösen Zauberer Gargamel.

Warum Bissig so unglaublich mächtig ist?

1) Er kennt sich in der Schule extrem gut aus.
2) Er kennt den Direktor und alle Lehrer – und nur er kann ihnen die Schlüssel für alle Klassen geben.
3) Er kann sich den ganzen Tag lang ausruhen, weil er ja immer im Elektro-Rollstuhl fährt.
4) Er hat die breitesten Schultern im gesamten Goethe-Schule-Universum, weil er immer seine Arme trainiert, wenn er den Akku am Rollstuhl ausschaltet, um sich anzuschleichen.

Bissig erzählt mir endlich sein Geheimnis, warum er einen Elektro-Rollstuhl besitzt, obwohl er kein Handicap hat. Ganz einfach: Weil die Stadt Geld spart und die Hausmeister sich gleich um mehrere Schulen kümmern müssen. Außer, der Hausmeister hat ein Handicap! Deshalb haben sich Schmitt und Bissig die Handicap-Geschichte mit dem Rollstuhl ausgedacht. Ganz schön clever! Bissig streichelt mir noch einmal über den Kopf, sieht noch einmal Rick einschüchternd an, dann rollt er weiter.

Gestern war die Schule noch furchtbar, heute ist die Schule mein Revier. Mit einem Mal sind die Tage nicht mehr dunkel, sondern hell und wolkenlos wie im Auenland. Calvin behauptet zwar, ich hätte wegen seiner Super-Gegenteil-Kapseln keine Angst mehr,

aber ich kenne den wahren Grund: Hausmeister Bissigs Schutzschild.

So muss ich in den nächsten Tagen nicht mehr vor der Pause dringend auf Toilette und könnte sogar ganz auf die Bibliothek verzichten. Wäre da nicht Nerdine, denn ich will nicht ohne sie sein. Wir sitzen in den Pausen am Losertisch zusammen und machen freiwillig Aufgaben für andere. Es ist ein gutes Gefühl, anderen Schülern zu helfen. Und es ist ein noch besseres Gefühl, neben Nerdine sitzen zu dürfen. Immer wenn sie mich anschaut, kribbelt es in meinem Magen. Naja, ihr wisst, was ich meine. Obwohl die meisten von euch nicht zugeben wollen, wenn es sie mit ganzer Wucht erwischt hat.

Übrigens: Entgegen Frau Kastenholz' Prophezeiung sind die Piranhas selbst nach acht Tagen noch nicht geschlüpft. Angelockt durch die Cambilder auf der Leinwand taucht auch Dr. Bauklo täglich in der Bibliothek auf. Frau Kastenholz wird dann regelmäßig rot, wenn er sie anschaut. Das deutet einen Zustand der Erregung an. Und er wird rot, wenn sie ihn anschaut. Es ist wie beim Tomatentreffen an der Gemüsetheke.

Nicht nur Rick und Alex, sondern auch meine Schwester Sarah

lässt mich in Ruhe. Sie bastelt an Pinki Panza und rät mir: »Bau auch einen Roboter, damit ich ihn vernichten kann.« Dazu habe ich weder Zeit noch Lust. Ach ja, Mama hat ein Programm für Eltern geschrieben, damit diese sich nicht mehr streiten. Es heißt *Liebhaben 1.0*. Und Papa ist mit seinem Projekt in Shanghai fertig. Zur Einweihung haben die Chinesen einen Elefanten in den Aufzug gestopft und sind mit ihm auf den 398 Meter hohen Wolkenkratzer gefahren. Dort musste der Elefant dann, nur auf seinen Hinterbeinen stehend, zwei Seelöwen auf den Vorderbeinen balancieren, die wiederum auf ihren Nasenspitzen zwei Kinder balancierten, die mit chinesischen Flaggen wedelten.

Mein Vater findet das bescheuert und ärgert sich. Ich kann darüber nur lächeln, denn ich sehe die Welt rosarot. Und gehe gerne in die Schule. Ganz gerne. Und steige hinten ins Körbchen des Pizzaboten und knattere dem Betonbau entgegen, auf dessen Eingangstür immer noch *No Way* und *Keep out!* steht.

Kapitel 24

»Gib es zu! Du hast die Piranha-Eier gestohlen!«

Alles ist gut, doch dann passiert die Katastrophe, die schlimmer ist als alle Katastrophen zuvor: Wir sind die erste Fünfminutenpause während des Lehrerwechsels alleine in der Klasse.

Rick klaut Kasimirs neues Handy, obwohl Kasimir Rick längst ein Handy abgegeben hat.

»Gib es mir bitte zurück!«

»Bin ich bescheuert?«, blafft Rick.

Ich sitze auf meinem Stuhl und bewege mich nicht. Wenn du ein Nerd bist und siehst, wie jemand fertiggemacht wird, hast du drei Möglichkeiten:

A) Du lachst dich über das Opfer kaputt.
B) Du schaust zu und freust dich, dass du nicht das Opfer bist.
C) Du hilfst dem anderen Opfer und wirst damit sofort selbst auch wieder Opfer.

Calvin wählt immer A) und stupst mich in die Seite. »Guck dir das an!!!! Ey, poooh! Geil ist das!!!!« Er redet wie Rick. Und lauter ruft er: »Super, Rick. Echt super! Geh doch mal mit Kasimirs iPhone auf die Cam vom Hausmeister. Guck mal, was unsere Piranha-Eier machen. Guck mal! Guck!«

Gesagt, getan. Rick ruft: »Ey! Und die Eier hast du angefasst. Respekt, Nerd. Da sind ja die Eier, die sind gestochen scharf. Retinabildschirmscharf. Super Retinabildschirm.«

Für Rick klingt das Wort *Retina* schön. Vermutlich weiß er nicht, dass *Retina* nur das lateinische Wort für Netzhaut ist, also jenen Teil in unserem Auge, wo das eintreffende Licht in Nervenimpulse umgewandelt wird und damit sichtbar für unser Hirn.

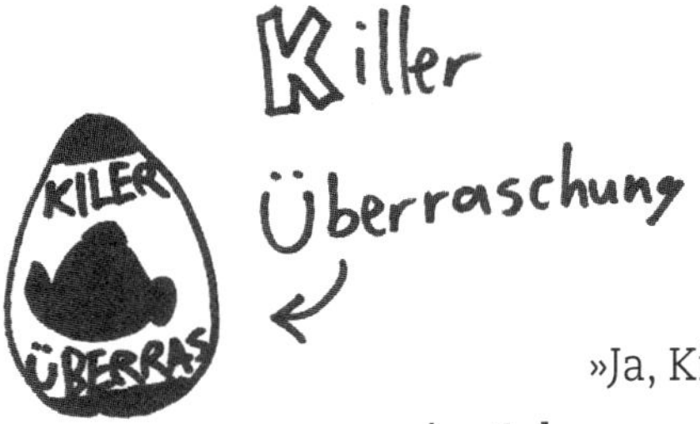

»Guck dir die Eier an. Die sind echt dunkel. Diese Piranhas haben schon fette Beißer als Eierfische. Piranhas sind echte Killer. Voll supergeil.«

»Ja, Killer!«, ruft Calvin Rick zu. »Jagen im Schwarm.«

Rick kann sein Retinabildschirmglück kaum fassen, während Kasimir weinend durch die Klasse läuft und wiederholt: »Meine Mama rastet aus. Ich darf mir das Handy nicht klauen lassen. Das hat sie gesagt. Die rastet aus … Ich hab mir doch von dir schon ein Handy klauen lassen. Bitte gib mir mein Handy, bitte!« Ihr hört es: Kasimir ist eindeutig *the new Opfer in the classroom!*

»Hey, jetzt guckt euch das an!« Rick ruft alle zu sich. Es scheint sich etwas auf dem Bildschirm zu tun. »Macht schon! Da kommt einer und greift ins Becken mit den Eiern … Ey, guckt schon!«

Wir schauen gebannt auf Kasimirs Handy, sehen den Kies, die Eier und dann eine Hand, die ins Becken greift. Sie hält eine kleine grüne Schaufel. Mit der habe ich die Eier dorthin transportiert. Aber was hat diese Hand vor? Die vom Hausmeister kann es nicht sein, denn der Hausmeister hat Haare auf den

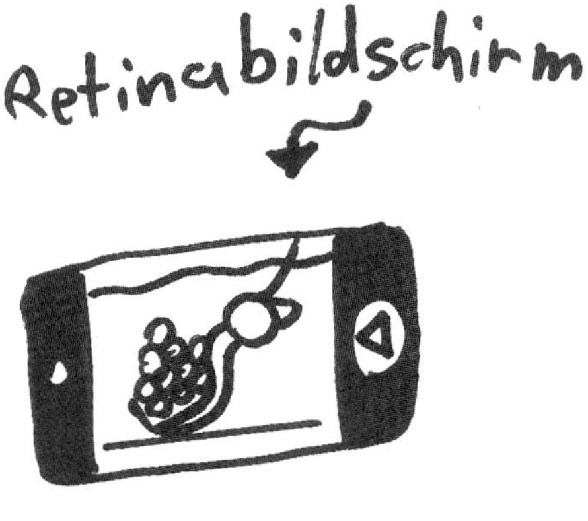

Fingergelenken. Dies ist die Hand eines Kindes, glatt und schmal. Dann steckt die Hand die Schaufel in den Kies mit den Eiern. Alle halten die Luft an und Rick ruft: »Hey, guckt! Die Hand klaut die Piranha-Eier!« So eine Spannung kenne ich sonst nur von früher, wenn Papa, Mama, Sarah und ich morgens aufs Müsli gewartet haben. *Siiii-liiiii-ziiiii-uuuum*. Aber das kommt mir schon so unendlich weit weg vor, und diese Hand in dem Aquarium ist nah, ganz nah und glasklar, auf dem Retinabildschirm zu sehen.

Geschichtslehrer Pompejus betritt gerade den Klassenraum. Auch er verfolgt auf seinem Handy die Liveübertragung und sieht, wie die Hand sich aus dem Aquarium mit dem Schäufelchen zurückzieht. Dann kehrt die Hand zurück und legt einen Stein in den Kies. Rick ruft: »Da steht was drauf! Da steht NERD drauf!«

Alle schauen mich an! Alle zeigen mit den Fingern auf mich!

Warum tun sie das? Ich weiß, dass ich Nerd heiße.

Rick brüllt: »Nerd hat die Eier geklaut!«

»Ich bin doch hier«, sage ich. »Ich kann doch gar nicht die Eier geklaut haben.«

»Ja, hey, wie hast du das gemacht? Los sag es!« Rick greift mich an. Er ist wütend. »Wie? Sag es!«

»Ja, wie?«, rufen die anderen. »Sag es.«

Ich schaue Hilfe suchend zu Pompejus rüber. Der sieht mein Problem und schaut weg, blickt wieder auf sein Handy.

»Ich kann doch gar nicht die Eier gestohlen haben. Ich habe keinen nassen Arm. Wenn ich die Hand in das Aquarium gesteckt hätte, dann müsste mein Arm nass sein.«

Die Meute stockt für einen Moment. Alle schauen auf Rick. Der denkt nach. Dann schreit er: »Nerd kann zaubern!«

Und alle wollen wissen: »Wie hast du das gemacht?«

Direktor Schmitt betritt außer Atem den Raum, gefolgt von Bissig. Schmitt befiehlt: »Nerd, mitkommen, sofort!«

Kurz darauf sitze ich vor dem Schreibtisch von Direx Schmitt. Er hat den Raum abgedunkelt, die Schreibtischlampe leuchtet mir direkt ins Gesicht. Hinter mir hockt Bissig.

»Guck mich an«, befiehlt Schmitt.

»Ich kann ihr Gesicht nicht erkennen. Die Lampe blendet mich.«

»So soll es sein, Nerd. Genau so. Guck mich trotzdem an.« Nach einer Pause fährt er fort: »Und Nerd? Bist du eben in die Hausmeisterloge eingedrungen und hast dort die Piranhabrut entwendet?« Während er das sagt, zischt mir Bissig ins Ohr: »Du hast mich enttäuscht. Tief enttäuscht. Wie konntest du mir nur so etwas antun?« Sein Hausmeisteratem riecht nach Piranhabrühe. Unwillkürlich habe ich wieder den Geschmack des Aquariumwassers im Mund.

Ich sage: »Ich habe die Eier nicht entwendet. Wozu sollte ich das tun? Ich habe doch gar kein Motiv. Wir sind doch jetzt Freunde.«

»Freunde?« Schmitt lacht und Bissig lacht lauter. »Jetzt mal Spaß beiseite, Junge. Das hier ist ernst. Und was für ein Motiv du hast, wissen wir nicht. Deshalb frag ich dich ja. Was ist dein Motiv?«

»Ich weiß es nicht.«

»Denk nach, Nerd. Warum hast du es getan?«

»Hat sich schon ein Erpresser gemeldet?«, frage ich.

Direktor Schmitt ist erschrocken. »Das wird ja immer schlimmer, Nerd! Willst du uns jetzt auch noch erpressen? Wir lassen

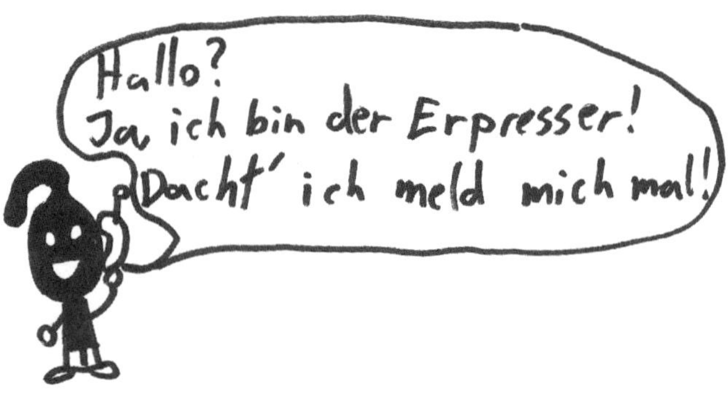

uns nicht erpressen. Schon gar nicht von so einem Dreikäsehoch wie dir. Egal, was du für Tricks auf Lager hast.«

»Ich will sie doch gar nicht erpressen. Ich …«

»Warum steht dann dein Name auf dem Stein?«

»Das ist ein Anhaltspunkt auf den Täter«, sage ich.

»Du warst es also doch. Du warst der Einzige, der wusste, dass das Schloss an der Hausmeisterloge kaputt ist.«, kombiniert Schmitt.

»Ich wusste es doch auch nicht.«

»Aber jetzt weißt du es.«

»Herr Direktor Schmitt, hören sie mir bitte zu. Ich …«

Schmitt hört meine Argumente nicht. Er jammert. »Warum musste ausgerechnet die Albert-Einstein-Schule abbrennen? Heute wollte ich dir sagen, dass du dorthin hättest wechseln können, damit du unter deinesgleichen bist. Dort sind alles Hochbegabte und nun müssen wir dich vorerst hierbehalten. Hochbegabt und kriminell.«

Auf der Albert-Einstein-Schule sind keine Höchst- sondern lediglich Hochbegabte, möchte ich sagen, aber ich spüre Hausmeister Bissigs Atem in meinem Ohr, der mir zuzischt: »Ich sage dir nur: SCHWIMMEN, Nerd. Du kannst nicht schwimmen. Menschen, die nicht schwimmen können, sind gefährlich. Piranhas können schwimmen und Piranhas sind ehrlich. Piranhas lügen nicht. Du hast mich unendlich tief enttäuscht.«

»Lassen Sie es gut sein, Herr Hausmeister. Wir können ihm nichts nachweisen. Aber eines muss dir klar sein, Nerd. Wir haben dich im Auge. Wir werden keine Polizei einschalten …«

Bissig unterbricht ihn. »… denn für dich ist der Herr Direktor die Polizei. Und ich bin sein Sheriff.« Bissig legt mir seine Pranke auf die Schulter. »Hast du verstanden?«

»Ganz ruhig, Herr Hausmeister. Nerd ist sich dem Ernst der Lage jetzt hoffentlich bewusst. Oder wie sehen Sie das, Herr Hausmeister?«

»Ich sehe das, wie Sie das sehen.«

»So sehe ich das auch.«

»Dann sehe ich es genauso.«

Kapitel 25

Der Todesstern im Terror-Spind!

In der Klasse herrscht Totenstille. Ich setze mich. Kein Pupsimitationsgeräusch von Rick. Nichts. Was ist los? Wo sind die dummen Sprüche? Ich stehe doch gar nicht mehr unter Hausmeister Bissigs Schutz. Er ist nicht mehr mein Darth Vader.

Pompejus redet unterdessen von römischen Kampfformationen. Neben Vulkanausbrüchen ist das sein Lieblingsthema.

Calvin flüstert: »Verrat mir, wie du es geschafft hast, die Piranhas zu klauen. Ich bin dein Freund. Mir kannst du es sagen. Das muss ein irrer Trick sein.«

»Melde dich, Calvin«, sage ich.

»Wieso?«, fragt er.

Ich schaue auffällig zu Rick. Calvins Blick folgt meinem.

»Der tut uns nichts. Schließlich hast du dem Hausmeister die Eier geklaut. Respekt. Jetzt bist du echt der King in der Klasse, du kommst gleich hinter Superman.«

Calvin und ich verlassen also nicht vorzeitig den Klassenraum, sondern warten aufs Klingeln. Wie ich nun hinter Calvin mit der ganzen Meute zur Pause rausgehe, stolpere ich über etwas. Was war das?

»Otto«, sagt Rick. »Das war Otto.« Er fasst mich am Arm und zerrt mich zu seinem Spind. Die anderen schauen neugierig zu. Mit einem lauten »Buh!« verscheucht Rick sie wie einen ängstlichen Schwarm PACMANs. Sie schwirren Richtung Pausenhof ab.

Jeder Einzelne von ihnen ist ängstlich, aber im Schwarm schubsen und fressen sie alles, was sich ihnen in den Weg stellt.

Rick öffnet sein Spind. Der ist riesig, denn die Spinde rechts und links sind mit seinem verbunden. Ein Foto von mir – Opfer – hängt darin, ein Sack mit Handys, Kapuzenshirt, daneben *Star Wars*-Laserschwerter, eine zerbrochene Klonkrieger-Maske, Was-

serpistolen, ein Schuhschrank mit der Aufschrift *Turnschuhe geklaut* und ein Kästchen mit Schulstempeln. In der Mitte hängt von der Decke ein komplett montierter *Lego Star Wars Todesstern 10188. Klong!*, schließt sich die Blechtür hinter uns. Nur der Todesstern wirft sein dunkles Licht auf uns. Das ist unheimlich.

Rick zischt mir zu: »Guck mich an. Hier sind wir alleine.« Stimmt. Es ist wie in einem Tresor. Sein Atem stinkt nach Fisch. Bio-Seelachs aus Schottland. »Also Nerd. Die anderen kannst du täuschen,

aber nicht mich, und nicht Otto. Wenn du die Piranhas geklaut hättest, dann wärst du ein Held und ein Mobber, dann hättest du eben garantiert Otto gesehen und wärst nicht über ihn gestolpert. Du bist und bleibst ein armseliger Nerd. Kapiert?«

Was soll ich daran nicht verstehen? Das einzig Unlogische ist Otto. Es gibt in einer logischen Welt keine unsichtbaren Wesen. Das ist unmöglich! Obwohl, es gibt ja für Hausmeister Bissig auch keinen Bilbo Beutlin und keinen Darth Vader, und trotzdem kann ich mit Bilbo chatten. »Was denkst du da für einen Blödsinn?«, fährt mich Rick an.

»Ich will hier sofort raus. Sofort!«

»Hast wohl Schiss?«

Ich sage »Ja«.

»Gut so. Und jetzt guck mir in die Augen.« Ich gehorche und er dreht den Todesstern. Wenn Jungen wie Rick einmal Blut lecken, dann sind sie wie Piranhas, dann gibt es kein Zurück mehr.

Das Licht flackert. Grüne Augen. Dann stößt mich Rick brutal gegen die Spindwand.

»Kapiert?!«

Was soll ich *kapiert* haben?

»Geh, Nerd. Und vergiss nie!«

»Sag mir bitte, was ich nicht vergessen soll?«

»Hältst du mich für blöd?« Er stößt mich aus dem Spind. »Und glotz nicht so dämlich!«

Pam!, schlägt die Tür zu, und ich stehe alleine auf dem Flur. Ich habe Rick noch nie so viel reden gehört. Da dringt aus seinem Spind ein »HÖHÖHÖHÖ!«.

Nerdine, Calvin und die Nerdzwillinge – meine Kurzform ist von nun an *Nerdlinge* – hocken am Losertisch über dem Englisch-Spickzettel für Rick. Morgen schreiben wir die Arbeit. Calvin will wissen, was mit Rick los war. »Wir hatten Angst um dich.«

»Warum bist du dann nicht bei mir geblieben?«

Eine Antwort fällt Calvin schwer, er schweigt.

»Ich begreife nicht, was Freundschaft heißt«, sage ich. »Sind wir Freunde oder nicht?«

»Natürlich.«

»Hast du noch welche von diesen Kapseln?«

Calvin hält mir eine Plastikbox hin, die groß und rund wie ein

Handteller ist. Ihr kennt diese Dinger! Aber auf dieser steht nicht *Wrigley's Hubba Bubba Band,* sondern ein dickes rotes

»S«

Supermans kryptonische Super-Gegenteil-Kapseln
Bist du schwach,
machen sie dich stark!
Bist du nervös,
machen sie dich ruhig!
Bist du böse, so wirst du gut!

Die müssen echt sein, denn die Box ist stahlblau wie Supermans Kostüm und rot wie sein Umhang. Ich öffne sie vorsichtig. Die Box ist randvoll.

Einer der Nerdlinge meint: »Auf Calvin kannst du dich nicht verlassen. Er ist ein Wurm. Wir aber haben extra ein T-Shirt zu deinen Ehren drucken lassen. Schließlich hast du die Piranha-Eier dem Hausmeister vor der Nase weggeklaut.«

»Hab ich nicht. Sonst hätte ich Otto gesehen.«

»Keiner von uns kann den sehen«, sagen die Nerdlinge und setzen parallel ihre Nerd & Nerd-Brillen ab. Dann ziehen sie sich ihre Obi-Wan-Kenobi-Shirts aus. Darunter tragen sie ein T-Shirt mit meinem Kopf darauf. Auf dem T-Shirt mit dem Titel *NERD FOREVER* schwimmen Piranhas. Ein paar verlassen gerade die Eierschale. Wenn du das T-Shirt von der Seite anschaust, siehst du meinen Mund, aus dem in 3-D megascharfe Piranhazähne hervorblitzen.

»Cool! Oder? Ist ein Kippbild. 15 Euro werden wir für das Stück nehmen. Das macht dich zum populären *Nerd Forever Piranhaman* und uns stinkreich. Unterschreib mal …« Sie drücken mir einen Edding in die Hand und ich schreibe *Nerd* unter meinen 3-D-Kopf.

Dann setzen sie ihre Brillen wieder auf und drücken sie gleichzeitig mit ihren dürren Zeigefingern aufs Nasenbein. »Wir werden die T-Shirts nächste Woche auf den Markt bringen.«

»Das werdet ihr nicht.« Nerdine ist aufgeregt und zupft am Ärmel ihrer Bluse. »Schmitt und Bissig haben Nerd sowieso schon im Visier.«

»Das stimmt«, sagt einer der Nerdlinge. »Aber es ist ein gutes Geschäft. Und wir haben schon lange vor, uns das Cockpit von Luke Skywalkers x-wing daheim nachzubauen. Dazu brauchen wir Geld. Aber nehmen wir mal an …«, und dabei richtet er seinen Blick auf mich, »… du hättest die Piranha-Eier nicht gestohlen. Was gedenkst du dagegen zu unternehmen? Denn Bissig und Schmitt verdächtigen dich und werden dich nicht in Ruhe lassen.«

Er hat recht. Ich muss etwas tun und schlucke eine von Calvins Kapseln.

»Lass das«, sagt Nerdine. »Das bringt doch alles nichts.«

Ich schaue sie an. Und wie immer kann ich nicht denken, wenn ich sie anschaue.

Calvin sagt: »Die helfen wirklich. Da fühlst du dich wie Superman. Deine ganzen Zaubertränke aus Mittelerde kannst du dagegen vergessen. Egal ob sie von Frodo oder Gandalf …«

»Gandalf? Jetzt weiß ich, wer mir helfen kann.«

Nerdine schaut mich erstaunt an.

Ich sage: »Dank dir, Calvin. Ich muss mit Gandalf reden. Schließlich ist er der einzige, der Magie und Logik verbindet.«

Nerdine schweigt, und ich, Nerd aus der Familie der Nerds, einziger Sohn meiner Eltern, Bruder einer todbringenden Schwester, werde die gestohlenen Piranha-Eier finden und den Dieb zur

Strecke bringen. In den Büchern steht immer, dass Mädchen gerne stolz auf ihre Freunde sind, wenn sie aktiv werden. Deshalb kann Nerdine jetzt ganz stolz auf mich sein.

Nerd bringt den Dieb zur Strecke.

Kapitel 26

Weise wahre Worte vom sagenumwobenen Zauberer Gandalf!

Im Netz gibt es viele falsche Gandalfs. Diese Scharlatane haben zwar das Bild von Gandalf-Darsteller Ian Murray McKellen als Profilbild, aber Profilbilder lügen oft. Woran man diese Lügner erkennt? Stell ihnen folgende Frage: Was erfand der größte aller Hobbits?

Wisst ihr es? Falls ja, dann werdet ihr jeden falschen Hobbit und Zauberer sogleich als Scharlatan entlarven. Die folgende Antwort sollte daher geheim bleiben. Sie wird nur hier in diesem Buch veröffentlicht und darf nicht weiter getragen werden, weder mit Tinte noch digital, nicht von Mund zu Ohr und in keiner App. Diese Antwort ist streng geheim und sie lautet: *Das Golfspiel!*

Und hier kommt die Geschichte dazu: Bei der Schlacht von Grünfeld im Jahr 2747 des Dritten Zeitalters schlug Bandorbas Tuk dem Anführer der Orks Golfimbul den Kopf vom Rumpf. Dieser Kopf rollte nach kurzer Flugphase in einen Hasenbau – eingelocht. Aufgrund dieser Bluttat an Golfimbul – schon im Namen steckt das Wort Golf – wurde Bandoras Tuk seither von allen Hobbits nur noch Golfspiel-Erfinder genannt.

Jedenfalls, Gandalf ist genau so kritisch wie ich im Netz unterwegs. Daher fragt er mich, nachdem ich mich in der Bibliothek eingeloggt habe, in hochmittelelbischer Sprache, deren Schriftzeichen ein wenig an Tapetenmuster erinnern:

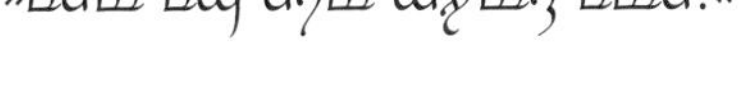 (»Geht es dir gut, Nerd?«)

Und ich antworte ebenso in Hochmittelelbisch mit den Worten: »[illegible]?« (Warum sollte es mir gut gehen?)

»[illegible]?« (Solche Antworten liebe ich an dir. Was möchtest du wissen?)

Um den nun folgenden Dialog zu vereinfachen, hier die deutsche Übersetzung:

Ich: »Ich muss wertvolle Eier finden.«

Gandalf: »Sind es die Perlen der Fische?«

Ich: »Ja, so ist es.«

Gandalf: »Dann solltest du einen Dieb zurate ziehen. Denn nur ein Dieb vermag sich in einen Dieb zu versetzen. Ein Dieb ist Diebstahl gewohnt.«

Ich: »Ich kenne nur Bilbo Beutlin …«

Gandalf: »Den Meisterdieb und bewährten Schatzjäger?«

Ich: »Jawohl, den meine ich.«

Gandalf: »So soll er dir helfen. Bestelle ihm Grüße von mir. Namárie! (Auf Wiedersehen!)« – Übrigens klingt auf Elbisch wie auch auf Hochmittelelbisch das Wort *Auf Wiedersehen* wie *Na, Marie?* Falls ihr Lust habt ein bisschen Elbisch zu reden, dann ist das euer erstes Wort. Ansonsten guckt mal unter *Wörterbuch Elbisch-Deutsch* im Internet.

»Wie ich sehe, kannst du Elbisch.« Frau Kastenholz steht hinter mir.

»Hochmittelelbisch. Und ein wenig Hochelbisch. Mein Freund Bilbo Beutlin beherrscht diese Sprachen perfekt, auch wenn er es nicht zugibt, da er bescheiden ist.«

»Woher kannst du das?« Dann gibt sie sich selbst die Antwort: »Ach, was frage ich, du bist ja einer der neuen Nerds.«

Sie sieht aus, als wolle sie weggehen. Das wäre gut, denn ich würde gerne Bilbo anfragen. Aber Elisabeth Kastenholz schaut nur auf meinen Bildschirm. »Ein Nerd war ich auch einmal.«

»Können Sie auch Hochmittelelbisch?«

»Ein bisschen Elbisch habe ich gelernt. Aber Klingonisch kann ich fließend sprechen und schreiben. Wir waren damals eher für Raumschiff Enterprise – Trekkies halt. Nicht selten trafen wir uns

auf Conventions oder Trek-Diners und hatten heftige Auseinandersetzungen mit den *Star Wars*-Fans. *Der Herr der Ringe* und *Der kleine Hobbit* waren damals noch nicht verfilmt. Es war eben eine andere Zeit, in der die meisten Jungen noch Superman- und Batman-Hefte gesammelt haben und nicht Angry Birds oder Minecraft spielten.«

»Dann sollten Sie sich mal mit meinem Vater treffen. Der hat auch etwas für Captain Kirk übrig und besitzt einen Vulkaniergürtel.«

»Klingt interessant.« Frau Kastenholz hat ein feines Lächeln, ein bisschen wie die Engel auf den Postkarten. Ich muss an Prinzessin Leia Organa denken. »Mit wem chattest du?«

»Mit Gandalf. Er gab mir den Tipp, mit Bilbo Beutlin wegen der gestohlenen Piranha-Eier zu reden. Was mich wundert ist, dass der Täter noch kein Lösegeld gefordert hat. Was will er mit den Piranha-Eiern, wenn keine Erpressung dahintersteckt? Oder ist es ein Racheakt an Hausmeister Bissig?«

»Alle sagen, du bist der Täter.«

»Genau, Frau Kastenholz!«, ruft Calvin uns durch die Buchregale zu. »Aber Nerd will es nicht einsehen!« Offenkundig hat Calvin gelauscht, statt sich um Ricks Pfuschzettel zu kümmern.

«Egal«, sage ich. »Ich werde jedenfalls den Dieb finden.«

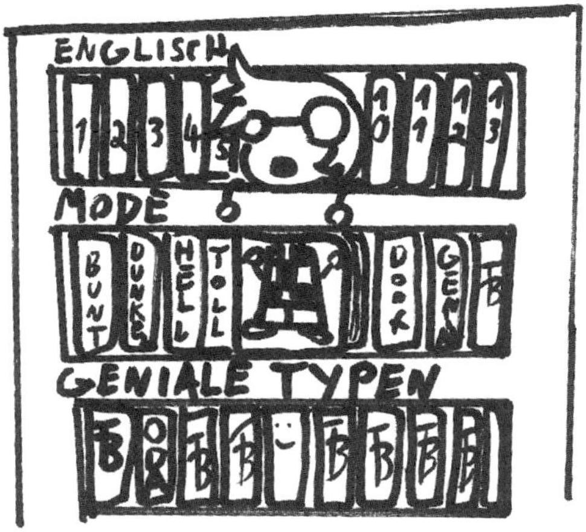

»Möge die Macht mit dir sein«, sagt Frau Kastenholz mit einem Augenzwinkern. »Es wäre schön, wenn die Eier wieder auftauchen würden.« Sie schaut hinauf zur Leinwand, wo im Brutbecken nur noch die leere Mulde mit den Kieseln zu sehen ist.

Bilbo Beutlin ist online. Ich schreibe ihm, doch ich komme nicht weit, denn Direktor Schmitt und Hausmeister Bissig platzen wie ein Überfallkommando in die Bibliothek.

»Mitkommen, Nerd!«

Diesmal geht es zur Hausmeisterloge. Der Stein mit meinem Namen darauf liegt auf einem Tuch neben dem Brutbecken. Und über dem Tuch steht *INDIZIENSAMMLUNG*. Dazu gehört noch ein Foto von der Diebeshand und das Schäufelchen. Dann

kommt ein Geräusch vom Computer. Bilbo Beutlin läuft quer über den Bildschirm. »Lasst den Jungen! Ihr verfluchten Söhne eines Orks. Sonst werde ich euch verprügeln und unter den Füßen kitzeln!« Seine Stimme krächzt aus den Boxen. Bissig rollt zum PC und klemmt die Lautsprecher ab. Wieso kann mich Bilbo hier sehen? Die einzige Cam, die es gibt, ist die von Bissigs PC – und die ist direkt aufs Aquarium gerichtet. Hat sich Bilbo in eine andere Cam gehackt? Ich schaue mich um. Ja, da im Flur vor der Loge hängt noch eine Kamera. Merkwürdig. Warum hängt die dort?

Schmitt blafft mich an. »Hörst du schlecht, Nerd. Du sollst jetzt mit dem Schäufelchen in den Kies vom Aquariumbecken hineinlangen und ein bisschen Kies herausheben. Genau so, wie es der Täter getan hat.«

»Darf ich Gummihandschuhe überstreifen?«

»Willst du uns veralbern? Wie sollen wir dann den Test durchführen?«

Ich steche das Schäufelchen in den Kies und …

»Halt! Halt! Bleib so.« Dr. Schmitt geht zum PC, er geht auf die Cam-Seite im Netz. Wir sehen nun über die Cam meine Hand im

Wasser, wie ich das Schäufelchen festhalte. Schmitt macht ein Standbild davon und druckt es aus.

Sie vergleichen das Foto von der Diebeshand mit meiner auf dem Monitor. Dr. Schmitt meint: »Das könnte Nerds Hand sein.«

»Aber der Dieb hat zwischen Zeigefinger und Daumen ein kleines Muttermal und das habe ich nicht.«

Hausmeister Bissig faucht mich sofort an: »Das behauptest du. Du hast dir extra für den Diebstahl mit einem wasserfesten Stift einen schwarzen Punkt zwischen Daumen und Zeigefinger gemalt und ihn dir nach dem Diebstahl wieder abgewischt, damit bei einem späteren Handvergleich der Verdacht nicht auf dich fällt. Aber so schlau wie du sind Direktor Schmitt und ich auch.«

Das klingt logisch, obwohl es nicht stimmt.

Direktor Schmitt schlägt Bissig vor: »Wir müssen alle Schülerhände mit der Diebeshand vergleichen. Nur so können wir herausfinden, dass Nerd wirklich schuldig ist.«

»Wie sollen wir das organisieren?«

»Überlassen Sie das mir.« Dr. Schmitt blickt auf mich herunter. »Und du gib mir deinen Schülerausweis. Verlasse nicht die Stadt und halte dich zu unserer Verfügung. Du bist der Hauptverdächtige, bis wir dich überführt haben.«

»Muss ich nicht zurück zum Unterricht?«

»Nein, das darfst du nicht. Eine solche Bestrafung scheint mir unausweichlich.«

Wenn es eine Bestrafung ist, nicht in die Schule gehen zu müssen, so ist es im

Umkehrschluss eine Belohnung, in die Schule gehen zu dürfen. Da jeder Mensch lieber eine Belohnung als eine Bestrafung möchte, werde auch ich in der Schule bleiben. Nach Hause kann ich jetzt ohnehin nicht. Denn dort sind Sarah und Pinki Panza. Sie werden mich nicht in Ruhe denken lassen. Und ich brauche Zeit zum Denken. Denn ich muss den Dieb finden.

Kapitel 27

Wer überwacht eigentlich die Überwachungskameras?

Ich klopfe gegen die Glastür. Ich will mit Bilbo reden, denn ich brauche eine Idee! *Tock! Tock! Tock!* Elisabeth Kastenholz muss doch da sein. Nach weiteren neun *Tocks* kommt sie aus dem Raum hinter der Theke.

»Was möchtest du, Nerd?«

»Chatten.«

»Komm rein. Aber das ist eine Ausnahme. Du weißt ja, dass ich die Bibliothek montags, mittwochs und freitags nur während der Pausen öffne und heute ist Mittwoch.«

Stur zeigt das Foto auf der Beamerleinwand die Mulde im eierlosen Piranha-Brutbecken.

Bilbo ist online. Er berichtet, wie er sich in die Cam an der Hausmeisterloge gehackt hat. »War ein Kinderspiel. Das hätte ich selbst von Mordor aus geschafft. Ich habe bereits versucht, an die Aufzeichnungen von jenem Moment zu gelangen, als sich der Dieb in die Hausmeisterloge geschlichen hat. Aber ich finde sie nicht.«

»Gibt es Aufzeichnungen davon?«

»Wenn einer im Auenland etwas stiehlt, muss er stets damit rechnen, dass jemand ihn beobachtet, es auf Video aufzeichnet und es der Polizei meldet.«

»Ihr habt eine Polizei im Auenland?«

»Na klar, die Landbüttel. Das weißt du doch. Auch wenn sie statt einer schnieken Uniform lediglich eine Feder am Hut tragen, sind sie dennoch genau so fleißige Polizisten wie jene bei euch in Menschenwelt.«

»Gut, Bilbo. Wer kann wissen, wo die Aufzeichnungen sind?«

»Ein Bibliothekar. Denn Bibliothekare wissen über die Dinge der Welt Bescheid, weil sie wissen, wo die Bücher stehen, und in den Büchern das Wissen der Welt versammelt ist.«

»Du meinst Frau Kastenholz?«

»Ja.«

Normalerweise sitzt sie an der Ausleihe, stempelt und scannt. Ausgerechnet jetzt ist sie nicht da. »Ich kann sie nicht sehen.«

Bilbo schreibt: »Das ist schlecht. Nur sie weiß, wo die Dinge sind, ist aber selbst nicht zu finden.«

Okay, das bringt mich nicht weiter. Ich gehe also zur Ausleihe und klopfe an die Tür dahinter.

»Jetzt nicht, Nerd!«

»Ich möchte nur etwas wissen.«

»Was denn?« Elisabeth Kastenholz klingt genervt.

»Wer kontrolliert die Überwachungskameras in der Schule?«

Unerwartet geht die Tür auf. Ich spähe in den Nebenraum, sehe Tische, ein paar Stapel Bücher, Regale, einen Schreibtisch. Frau Kastenholz erkennt meinen neugierigen Blick und stellt sich vor mich. Nichts mehr zu sehen. »Von welchen Überwachungskameras redest du?«

»Die an der Hausmeisterloge.«

»Ist nicht angeschlossen.«

»Warum ist sie dann da?«

»Weil vor ein paar Jahren Jugendliche aus der Nachbarschaft beim Hausmeister eingestiegen sind, um die Kakao- und Milchkasse zu stehlen. Wir haben die beiden Jungen am Ende über die Cam erwischt. Seither ist sie wieder abgestellt. Videokameras sind nur in extremen Ausnahmefällen auf dem Schulgelände erlaubt. Datenschutz. Meines Wissens gibt es nur noch eine einzige Cam und die ist am Eingang der Tiefgarage installiert. Sie beobachtet die Zufahrt und dient dem Zweck, dass auftretende Probleme mit der Schranke bei der Ein- und Ausfahrt sofort behoben werden können. Doch selbst diese Kamera ist, soweit ich weiß, schon vor Jahren ausgeschaltet worden.«

Aber die Cam an der Hausmeisterloge ist doch an! Bilbo hat mich dadurch beobachtet. Weiß sie das nicht?

»Von wo aus wurde die Cam vor der Hausmeisterloge denn damals kontrolliert?«

»Das weiß ich nicht.«

Warum sollte die Schule auch ausgerechnet die Bibliothekarin in solche Dinge einweisen? Sie sieht nicht aus wie die typische Verbrechensbekämpferin.

Dann würde sie so aussehen wie die Frau rechts unten auf der Zeichnung.

Ich frage mich, wer in der Schule so aussieht?

Na klar, Frau Nabelbruch! Direktor Schmitts Sekretärin.

Kapitel 28

Ich bin das Sondereinsatzkommando Piranha!

»Wohin willst du, Nerd?«

Ohne Antwort lasse ich Elisabeth Kastenholz zurück und mache mich an die Aufklärung der mysteriösen Geschichte. Was jetzt folgt, könnte auch auf einem Nintendo 5DS passieren: Ich laufe den Flur entlang, die Treppe runter, wieder ein Flur.

Vorsichtig.

Ganz vorsichtig!

Super vorsichtig bin ich!

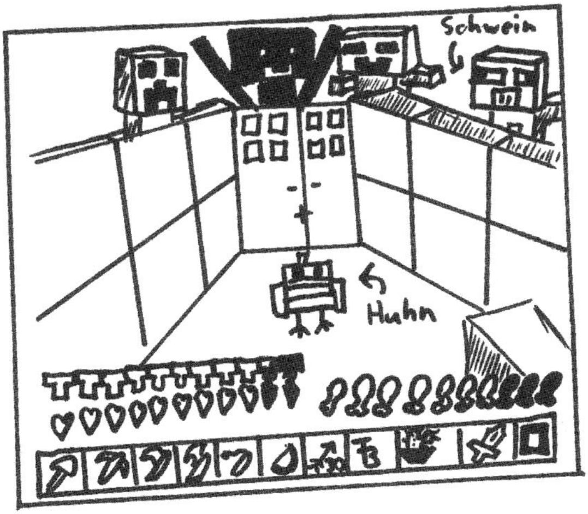

Hinter jeder Tür Monster, Mitschüler, Lehrer.

Ziel: das Sekretariat.

Spielfigur: Nerd, *Aufklärer Sondereinsatzkommando Piranha.*

Ich schleiche und verringere damit meine Fortbewegungsgeschwindigkeit um 30 Prozent. Falls eine der Türen aufgeht, bin ich ertappt. Lehrer lauern! Also Achtung! Vor Direktor Schmitts Zimmer verlangsame ich mein Schleichen weiter. Das spart Energiepunkte und kostet weitere 30 Prozent Geschwindigkeit. *Nicht klopfen! Anmeldung nur im Sekretariat!* Hausmeister Bissigs Stimme dringt durch Schmitts

Tür. Ich lausche, kann weder Bissig noch Schmitt richtig verstehen. Beim Lauschen verstärkt sich die Hörkraft um 17 Prozent. Das kostet den *Aufklärer* allerdings wichtige Energiepunkte. Die Tür vom Sekretariat öffnet sich. Schock! Heraus tritt Frau Nabelbruch. Sie schaut mich … *RIIIIIINNNNNG!!! Erwischt! Game over! Du hast deine Lebenspunkte verwirkt! Stirb! Stirb! Stirb!*

Sie öffnet den Mund: »Was machst du denn hier, Nerd? Hast du keinen Unterricht?«

»Nein.«

Sie schaut mich fragend an.

Ich gucke fragend zurück.

»Und der erste Teil meiner Frage? Was hast du dazu zu sagen, Nerd?«

»Was war der erste Teil Ihrer Frage?«, würde ich jetzt am liebsten fragen. Aber der Blick von Frau Nabelbruch legt sämtliche Schaltungen in meinem Hirn lahm.

Game over!

»Na, was du hier machst, möchte ich wissen!«

»Nichts.«

»Dafür horchst du an Direktor Schmitts Tür?« Sie schüttelt den Kopf und geht an mir vorbei die Treppe runter. Ich befinde mich sofort erneut im Action-und-Baller-Spiel-Modus. *Aufklärer sucht Video-Aufzeichnungen vom Piranha-Eier-Diebstahl*. Die Tür

zum Sekretariat steht einen Spalt weit offen. Ich schlüpfe geräuschlos hinein. Auf der Theke liegt die Broschüre *Deine Schule! Deine Chance! Dein Leben!* Dahinter steht ein Schreibtisch mit einem PC darauf. Ansonsten gibt es noch eine Schrankwand und zwei fleischfressende Pflanzen auf der Fensterbank. Lateinische Bezeichnung: *Dionaea Muscipula*. Diese Piranhas unter den Pflanzen mögen warmes feuchtes Klima, wie es nach dem Sportunterricht unter deinen Achselhöhlen herrscht. Sarah besitzt eine *Dionaea* und hatte gehofft, sie würde eines Tages zu einer Monsterpflanze mutieren und mich fressen.

Aber hier bin ich: **Euer Aufklärer Nerd!**

Ich öffne die Schranktür. Und … Treffer!!! Ein gelblich angelaufener Monitor steht da. Er sieht aus wie die Kopie von Papas erstem Computer, einem Apple III mit 8-bit Synertek 6502A, 2 MHz-Prozessor aus dem Jahr 1980, Nachfolger von Wozniaks genialem Apple II.

Ich höre Schritte. Ist das etwa Frau Nabelbruch? Aber dann gehen die Schritt weiter, entfernen sich. Puh, das war sie nicht.

Ich muss mich beeilen, schalte den Monitor an. Er funktioniert immer noch und zeigt im unteren Bildabschnitt die Einfahrt zur Tiefgarage, im oberen die Hausmeisterloge, wo zurzeit noch das kleine neben dem großen Aquarium steht.

Wieder Schritte. Diesmal kommen sie gefährlich nahe und sind laut und stampfig. Ich schließe den Schrank. Jemand drückt die Klinke zum Sekretariat von außen herunter. Die Tür geht auf. Schwere Schritte. Das muss Frau Nabelbruch sein. Mein Herz pocht mir bis zum Hals. Das wird ein schlechtes Ende nehmen. Mein Herzschlag wird mich verraten. Ich verkrieche mich unter dem Schreibtisch. Überall Kabel: vom Drucker, vom Computer und alles voller Staub. Es kribbelt unglaublich unbezwingbar in meiner Nase! Ich muss niesen! Ich halte mir die Nase zu. Jetzt nur nicht niesen. Es kitzelt wie verrückt. Ich muss an etwas anderes denken, stelle mir Darth Vader vor, wie er kämpft, aber dann zückt er sein Taschentuch und will … nein, nicht niesen! Schnell, Nerd, denk an was anderes. Denk an Bilbo Beutlin! Oder hat der Heuschnupfen? Ich weiß es nicht. Nur nicht niesen, Nerd!

Das Telefon klingelt.

Frau Nabelbruchs Schritte werden schneller, noch stampfiger.

Ihre Beine parken direkt vor mir, vorm Schreibtisch. Sie sind dick wie Säulen und gehüllt in hautfarbene Strumpfhosen. Sie hebt den Hörer ab und redet: »Ja, ich bin zurück … Natürlich habe ich die Kopien für die Konferenz heute Nachmittag, ja, ich komme, Herr Direktor Dr. Schmitt. Sofort, Herr Direktor Dr. Schmitt.«

Schon verschwindet sie in dessen Zimmer.

Die Tür bleibt offen. Ich höre die Stimmen, Schmitt, Bissig, Nabelbruch. Doch ich denke nur an eins: Raus hier! Ich komme mir vor wie Jedi-Meister Roan Shryne auf der Flucht vom Planeten Murkhana in *Dark Lord 2*. Nur stand da die Tür zu Darth Vaders Kommandoraum nicht offen und der Jedi-Meister hatte Verbündete. Ich bin alleine unter diesem Schreibtisch. Wie war es noch in *Die Flucht aus Gargamels Schloss?* Genau. Da waren die Schlümpfe in ähnlicher Lage. Schlumpfmäßig krieche ich also – *schlumpf, schlumpf* – aus meinem Versteck, schlumpfe um die Theke, horche, schlumpfe weiter, ganz leise, schlumpf-schneckenleise-langsam.

Stampf! Stampf! Stampf!

Frau Nabelbruch kehrt zurück.

Gleich wird sie mich sehen, es gibt kein Zurück mehr. Ich muss etwas tun. *Schlumpf*, Nerd, tu was! Ehe mich die Nabelbruch sehen kann, bin ich kein Schlumpf mehr, bin zurück aus dem Schlumpfmodus in den Nerdmodus und drücke ihr die Verbindungstür zum Direktorzimmer direkt vor der Nase zu. Blitzschnell ziehe ich den Stuhl daneben unter die Klinke und rase los!

»Was soll das denn!«, höre ich Frau Nabelbruch laut hinter mir herrufen.

Kein Mensch auf dem Flur, noch nicht einmal ein Lehrer. Lauf, Nerd! Dreh dich nicht um. Rechts abbiegen, der Lastenaufzug. Ich drücke den Knopf. Komm schon, Aufzug! Komm endlich! Ein Summen. Das ist nicht die Nabelbruch, das ist der Rollstuhl von Bissig. Er ist vermutlich zur Flurtür von Direktor Schmitt hinausgefahren und rollt mir hinterher. Das Summen verstummt. »Hier ist keiner!«, ruft er.

Bitte Aufzug! Komm schon! Ich schaue vorsichtig um die Ecke. Bissig, Frau Nabelbruch und Direktor Schmitt stehen auf dem Flur. Der Aufzug kommt. Ich steige ein und fahre hinunter. End-

lich bin ich in Sicherheit. Und ich weiß jetzt, wo Bilbo Beutlin mit seinem Hackertalent gemeinsam mit mir nach den Aufzeichnungen suchen kann.

In der Tiefgarage knattert geradewegs der *Pizzablitz* auf mich zu. »Hey, Nerd, heute bist du aber pünktlich. Wartest wohl schon auf mich?« Er klopft mir auf die Schulter. »Spring rein. Ich muss nur noch was abliefern.«

Ich klettere also in meine Box und fühle mich ganz gut. Erst, als ich nach Hause komme, sinkt meine Stimmung auf null, denn daheim erwartet mich niemand mehr.

Kapitel 29

Alle hassen mich!

»Bist du es, Nerd?!«, ruft Mama aus der Küche.

Als ich diese betrete, springen gerade die Mikrowellen aus: *Siiiiii-liiiiiii-ziiiiii-*, nur mein *uuummm!* fehlt.

Das Essen ist fertig und ich habe Hunger, unendlichen Hunger.

»Warum bist du nicht in der Schule? Du weißt doch, dass wir nichts mehr für dich bei Bofrost bestellen.« Mama sagt es und stellt die Teller auf den Tisch, der vier Seiten hat, aber meine Seite bleibt leer. Mein Magen knurrt *KRCHRCHRKRCH!!!* laut wie ein Krokodil. Mama schaut mich vorwurfsvoll an. Sie mag keine Körpersprache.

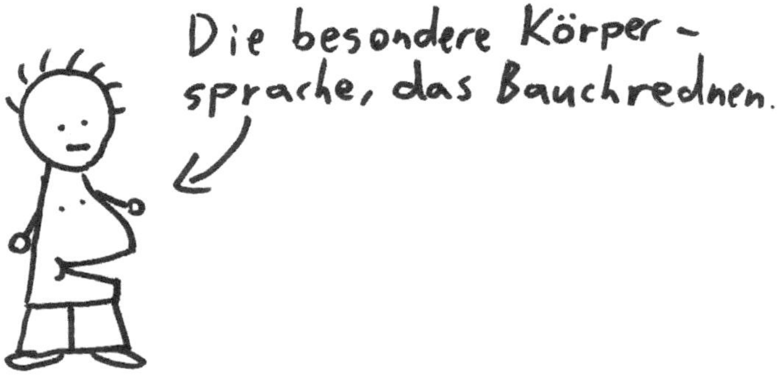

Papa hingegen sagt: »Da du deiner Pflicht nicht nachgekommen bist und mir keine Besprechung zu Oshikantus Schwert geschrieben hast, hat dies freundlicherweise deine Schwester übernommen. Und sie hat es sehr gut gemacht, muss ich sagen. Sehr, sehr gut.«

»Papa meint, ich soll häufiger Kritiken zu Gadgets schreiben.« Sarah tut nett, aber sie grinst fies.

Mein Magen macht KRCHRCHRKRCH!!! und ich öffne den Hängeschrank neben den Mikrowellen. Darin gibt es vier Tassen, vier Müslischalen und eine Packung Zwieback. Als ich diese öffne, muss ich niesen.

»Du weißt doch, dass du eine Stauballergie hast«, sagt Mama.

Zu spät. Jetzt ist der Zwieback feucht. »Das hab ich nicht absichtlich getan.«

»Ist das bäääähhh!« Sarah schaut mich entsetzt an.

Mama und Papa gucken leicht angeekelt.

Mama will das Thema wechseln: »Wie war es in der Schule? Spielst du auch Fußball?«

Ehe ich Nein sagen kann, erklärt Papa Mama erstmal die Grundregeln: »Fußball in der Schule ist, wenn ein Nerd zuletzt gewählt wird und ins Tor muss. Falls es zwei Nerds gibt, muss der eine in das eine Tor und der andere Nerd ins andere Tor. Bei drei Nerds wird einer von ihnen Schiedsrichter. Die Wahrscheinlichkeit, dass ein Nerd im Sturm spielt liegt bei 1 : 43879.«

»Also Nerd, spielst du nun Fußball?«, hakt Mama nach.

»Mich hat noch keiner gefragt.«

Sarah findet das lustig. »Weil er keine Freunde hat. Du spielst ja nicht mal in einer Fußballmannschaft auf der Wii. Wii willst du dann in der Schule Fußball spielen?« Sie lacht über ihren eigenen blöden Wii-Witz.

Ich setze mich in meinem Zimmer hungrig vor den PC, schalte ihn an und denke an die Schule und den

Piranha-Diebstahl: Statistisch gesehen habe ich als Hauptverdächtiger folgende Möglichkeiten, der Strafe von Schmitt und Bissig zu entgehen:

a) aus dem dritten Stock springen
b) aus dem vierten Stock springen
c) aus dem fünften Stock springen
d) aus dem sechsten Stock springen
e) den Piranha-Eier-Dieb fassen!

Statt Bilbo Beutlin ist sofort Calvin auf dem Schirm. »Sitze noch in der Bibliothek. Alle sind stinksauer auf dich. Morgen müssen wir zum Händeabgleich in die Hausmeisterloge.«

»Bist du auch wütend auf mich?«

»Meinst du, ich hab Lust meine Hand ins Piranhabecken zu halten.«

»Da sind doch nur die Eier drin gewesen und keine Piranhas.«

»Erklär das mal den Cityzicken. Die sind ausgeflippt. Patrizia macht sich jetzt schon Sorgen um ihre Fingernägel.«

»Und Nerdine?«

»Bist wohl doch in sie verknallt? Gib's zu!«

Ich weiß nicht, was ich darauf entgegnen soll. Bin ich verknallt? Meint er damit verliebt? Ich weiß es nicht, weil ich ja noch nie verliebt gewesen bin. Wie soll ich das also genau wissen? Eines aber ist sicher. Ich will nicht, dass sie etwas Schlechtes über mich denkt und ich möchte sie …

Calvin unterbricht meine Gedanken. Er schreibt: »Nerdine findet Typen wie Rick bestimmt doof, aber du kannst ja nicht mal schwimmen. Warum sollte sich ein Mädchen mit einem Verlierer wie dir abgeben. Aus Mitleid?«

Trotzdem klicke ich mich auf ihre Seite. Dort steht: *Nerdine teilt nur einige Informationen öffentlich. Falls du Nerdine kennst, sende ihr eine Freundschaftsanfrage.*

Ich traue mich nicht, aber ich chatte auch nicht weiter mit Calvin. Ich muss mich irgendwie ablenken und schaue auf meine Gadget-Seite. Das habe ich lange schon nicht mehr getan. Da sind eine ganze Menge Vorschläge für neue Gadgets von anderen Nerds eingegangen.

Zum Beispiel:

- eine Tastatur mit Felltasten – für die netten User in der Variante Kuhfell; für die bösen Tiger-, Leopard- oder, ganz fies, Dalmatiner-Fell;
- ein GPS-Navigations-System für Mittelerde, das dich jederzeit und von jedem Ort nach Beutelsend, dem Nachtwaldfluss, nach Einödland, zu Esgaroth im Langen See, auf die Trollhöhen oder den einsamen Berg schickt, wo du Smaug besiegen musst;
- hierzu gibt es noch passend eine Cam mit Einblick in Bilbo Beutlins Hobbithöhle;

- einen R2D2 als Maus, mit dem du durch sämtliche Winkel im Todesstern wandern kannst;
- eine Druckplatte für falsche *galactic credits*. (Für alle, die keine *Star-Wars*-Fans sind. Mit galactic credits kann man auf nahezu allen Planeten – außer der Erde – zahlen.)

Und dann hat noch ein Mädchen die Idee zu einer Pfuschbrille. Sie schreibt: »Du ziehst sie an und in der Brille spiegeln sich die richtig buchstabierten Worte, sodass du nie wieder in deinem Leben ein Wort falsch schreibst.«

Keine schlechte Idee. Ich muss grinsen. Eine Pfuschbrille würden die meisten Schüler ganz bestimmt sofort kaufen. Das könnte ein unendliches Geschäft werden. Für einen Moment habe ich Nerdine fast vergessen. Doch dann muss ich wieder an sie denken ...

Kapitel 30

Trübe Rübe Loser Nerd!

Bilbo: »Hast du was zu den Überwachungsfilmen herausgefunden?«

Ich: »Ein Apple III steht im Schrank des Sekretariats. Fast hätte mich die Sekretärin Nabelbruch erwischt, wie ich bei ihr herumspioniert habe.«

Bilbo: »Das war sicherlich spannend.«

Ich: »Zu spannend.«

Bilbo: »Bedenke stets, dass heute genau jene Abenteuer passieren, von denen wir später bei einem Tee und etwas Zwieback erzählen können. Ich werde also gleich versuchen, einen Blick in diese Computer am Platz der Sekretärin hineinzuwerfen.«

Ich: »Nein, es sind nicht direkt die Computer der Sekretärin, sondern sie stehen im Schrank neben dem Schreibtisch.«

Bilbo: »Aber erst, wenn ich mir die Fußhaare geschnitten habe.«

Ich: »Muss das ausgerechnet jetzt sein?«

Bilbo: »Du kennst uns Hobbits. Wir haben Regeln.«

Ja, ich kenne diese Regel: Bilbo hat volles Fußhaar und muss es sich alle drei Wochen schneiden, weil es sonst beim Gehen über den Boden streift. Bevor er es schneidet, muss er es gründlich waschenund eine braune Tönung auftragen, wie jeder Hobbit in seinem Alter dies tut. Tja, das dürfte ihn eine Zeit lang beschäftigen. Dann werde ich mich selbst mal in die Computer hacken. Wenn sowieso nichts gut läuft, fehlt nur noch eine, die mir den Tag absolut vermiesen kann: meine Schwester.

Sie ist online und schreibt: »Wirf mal einen Blick auf die Seite *The Loser Nerd*.«

Das tue ich und sehe 2879 Likes für das Foto vom *Container-Desaster*. Ich mit Müll auf dem Kopf. Na prima.

»Hast du *The Loser Nerd* angelegt?«

»Wer lesen kann, ist klar im Vorteil. Da steht doch, dass ein Ricardo das getan hat. Aber ich habe *Trübe Rübe Loser Nerd!* über dem Container-Foto gepostet. Wie gefällt dir das?«

»Ach lass mich doch in Ruhe.«

»Niemals! Ich bin deine Schwester. Es ist die Aufgabe einer Schwester, sich mit ihrem Bruder zu streiten. Ehe ich dich in Ruhe lasse, regiert Darth Vader mit Gargarmel zusammen das Barbie-Universum. Wo bleibt eigentlich dein Killer-Ken-Roboter?«

Ich klicke Sarah weg, einfach weg … und fühle mich schlecht. Ich bin alleine. Ganz alleine und am Boden.

Da erscheint Bilbo: »Bin wieder da. Mit einer schlechten und einer guten Nachricht. Welche möchtest du zuerst hören?«

»Die gute.«

Er schickt mir das Foto seiner frisch geschnittenen Fußhaare.

»Nun die schlechte: Die Analyse des Computers im Schrank der Sekretärin sind wenig hilfreich. Ich kann nicht feststellen, ob es Aufzeichnungen vom Diebstahl aus der Überwachungscam der Hausmeisterloge gegeben hat oder nicht. Und deshalb kann ich auch nicht feststellen, wer sie hat oder wo sie sind.«

Das ist das Ende. Wie soll ich jemals meine Unschuld beweisen? Da bleibt mir nur noch der Köpper aus dem sechsten Stock.

Es klopft. »Komm rein!« Wieder ein Klopfen. Ich öffne. Vor meiner Tür steht Pinka Panza, zwinkert mich an und hält mir in Kniehöhe einen Zettel hin. Sie lässt ihn fallen, stampft ab und ihre pinken Zöpfe schaukeln hin und her.

Auf dem Papier bin ich zu sehen und darunter steht:

The Star-Wurst!

Witzig ist das nicht. Am liebsten würde ich ihr den Todesstern schicken. Der würde dann bei ihr anklopfen. Sie würde ihre Tür einen Spalt weit öffnen – zu weit. Und schon würde der Todesstern aus allen Lasern feuern. Diese würden nicht einfach Sarahs Körper durchdringen. Nein, so schnell würde ich meine Schwester nicht töten. Denn ich würde sie erst noch quälen, so richtig mies und fies. Und so würde mein Killer-Ken erstmal das liebste vernichten, das Sarah besitzt. Ihre Pinka Panza, Alleinherrscherin im Barbie-Universum. Die Zöpfe von Pinka würden glühen und schließlich würde *sie* implodieren. Doch statt zu Sarah zu gehen, trete ich wütend gegen den Papierkorb. WÜRDE, WÜRDE, WÜRDE. Zehnmal das Wort WÜRDE in zehn Sätzen. Ich bin ein **WÜRDELOSER LOSER!!!!**

Und schlucke die Super-Gegenteil-Kapseln von Calvin. Biiiitte Superman!, biiiiitte!, gib mir Superkräfte! Und … aus dem umgekippten Papierkorb schaut mich jetzt der Türsteher an. »Setz

dich, Nerd! Sei still, sitz ruhig!«

»Nein!«, sage ich.

»Setz dich! Sei ruhig!«

Ich schreie »NEEEIIII-INNN!« und verpasse ihm einen Tritt. «Du sagst mir nicht mehr, was ich zu tun hab!« Noch ein Tritt. Auch ein Nerd kann Fußball spielen. Ich bin der Superbrutalokicker Nerd?!

Der Türsteher fliegt in hohem Bogen gegen die Wand. *BÄNG!* »Tor!«, rufe ich. »TOOOOOOR!«

Da liegt er nun, eine hilflose Plastikkreatur mit einem USB-Kabel im Rücken. Ich habe ihn besiegt. Einfach getreten. So etwas habe ich noch nie getan und spüre die Dose mit den Super-Gegenteil-Kapseln in meiner Hosentasche. Ob es ein Fehler war, gleich zwei auf einmal zu nehmen? Bin ich deshalb so wütend?

Kapitel 31

Miese fiese Mrs Mistpickels!

Der nächste Tag in der Schule. Alle stehen in Zweierreihe auf dem Hof. Ich bin zu spät, denn der Pizzabote hat verschlafen. Der Kopf der Schülerschlange verschwindet in der Hausmeisterloge. Denjenigen, die wieder rauskommen, trocknet Frau Nabelbruch Hände und Arme ab. Bissig fährt wie ein Schäferhund die Reihen entlang. Er bellt: »Zweierreihe! Ist das denn so schwer? Steht gerade! Immer schön in der Reihe bleiben! Hände halten! Jeder ist bei seinem Nachbarn! Gegenseitige Kontrolle! Gebt euch gefälligst die HÄÄÄÄNDEEEE!«

Bauklo, Ritter Sport, Pompejus, Rita Ranzig, der Politik- und Sozialkundelehrer Benjamin Teilhaber und Religionslehrer Kutte stehen im Lehrerpulk beim Müllcontainer. Sie reden miteinander.

Ich sehe Nerdine. Sie verschwindet in der Hausmeisterloge und wird dort von Dr. Schmitt zum Handabgleich in Empfang genommen. Da wirft Patrizia ihr Haar nach hinten und zeigt aus der Schlange auf mich. Alle schauen mich an! Sie sind sauer auf mich!

Ich gehe weiter, bloß nicht umdrehen. Ich laufe ins Hauptgebäude … und Mrs Mistpickels in die Arme. »Na, warum bist du nicht draußen?« Weil sie schielt, weiß ich nicht, ob sie den Feuerlöscher schräg neben mir fixiert oder mich.

»Meine Hand hat Direktor Schmitt schon gestern mit der des Diebes verglichen.«

»Wie war das Ergebnis?«

»Wäre ich hier, wenn ich schuldig wäre?«

»Sei nicht frech, Nerd.« Ich bin nicht frech, sondern nur logisch. »Also Nerd, du solltest mir lieber helfen, die Schulbücher fürs nächste Jahr zu holen. Ich möchte sie an die Klassen verteilen. Mir geht es noch nicht so gut nach der Krankheit.«

»Hoffentlich nichts Ansteckendes?« Schließlich habe ich keine Desinfektionsmittel dabei.

»Nein, der Blinddarm. Nichtsdestotrotz soll ich mich nach der Operation etwas schonen.«

Das beruhigt mich. Ich folge Mrs Mistpickels ins Lehrerzimmer. Achtzehn zu einem großen Quadrat aneinander geschobene Tische. Das ist mir sympathisch. Sie sind alle gleichmäßig braun. Allerdings liegen auf den Tischen unordentlich Papiere und Buchstapel, stehen Wasserflaschen und Taschen, die eigentlich auf den Boden gehören. Ich greife in meine Hosentasche und öffne die Dose mit Kapseln.

»Was ist das?«

»Kryptonische Super-Gegenteil-Kapseln«, sage ich.

»Wozu sind die?«

»Superman kommt vom Planeten Krypton.«

»Was für ein Blödsinn ist das denn?«

Ich schlucke zwei.

»Da sind die Bücher, die wir in die Klasse bringen müssen.« Mrs Mistpickels steuert auf einen Schreibtisch mit einem Stapel *English for YOU* zu.

»Eines davon ist für dich – *for You*.« Sie sagt es und lächelt. Sie findet ihr eigenes Wortspiel witzig.

»Only one is for me?«, frage ich.

»Du sprichst ja gut Englisch.«

»Ich trage aber nicht gerne schwere Dinge für andere, die mich schlecht behandeln.«

Sie schaut mich an wie mein Türsteher nach dem Crash gegen die Wand. »Wie meinst du das?«

»Ich habe keine Lust, für Leute wie Rick Bücher zu schleppen. Das müssen Sie doch verstehen, Mrs Mistpickels.«

Nein, das tut sie nicht. Für sie ist es normal, dass ein Nerd wie ich Bücher für Mobber wie Rick trägt. Als sie darauf besteht, mache ich ihr einen Vorschlag: »Ich werde immer drei Exemplare tragen. Von hier bis zum Klassenraum sind es etwa 80 Meter. Hin und zurück sind es daher 160 Meter. Wir sind 28 Schüler. Insgesamt werde ich demnach 1,49 Kilometer für meine Mitschüler zurücklegen. Bei einem Schnitt von fünf Kilometern in der Stunde, brauche ich …«

»Willst du mich veralbern?«

Ich nicke nicht, sondern nehme mir nur ein Buch vom Stapel

und überkreuze die Arme. »Das ist alles, was ich trage. Fragen sie doch Rick, ob er den Rest für Sie schleppt.«

Mrs Mistpickels greift sich den Stapel und stöhnt unter der Last: »Dank für deine Hilfe, Nerd.«

»Dafür nicht«, sage ich.

Nach der Pause stürmen alle in die Klasse. Als Letzter setzt sich Alex, denn er hat beim Reinkommen Kasimir die Hände auf dem Rücken festgehalten und Popler Patrick dazu gezwungen, ihm einen giftgrünen Popel ins Gesicht zu schleudern.

Während Mrs Mistpickels jetzt die Arbeitsblätter austeilt, frage ich Calvin: »Was ist denn nun bei der Aktion Handvergleich herausgekommen?«

»Dass du es gewesen sein musst, weil es keiner von uns war.«

Das klingt logisch in der Logik der Affen vom Planeten Unlogisch.

Die Englischarbeit ist einfach. Es gibt vier Fragen zur Grammatik, einen kurzen Text zum Verständnis, ein Bild, das wir mit 30 Worten beschreiben sollen und zwanzig Vokabeln, die abgefragt werden. Das Prinzip des Testes ist, dass Schüler, die nicht intelligent, aber fleißig sind, etwa zwei

Drittel der Fragen problemlos beantworten können, indem sie geübt haben.

Rick kann den Pfuschzettel schlecht lesen, Calvin hat die Buchstaben ultraklein daraufgeschrieben, um möglichst viele Infos unterzubringen.

»Grumpf, verdammter Mist.« GRUMMEL! GRUMMEL!

Ich bin fertig und stehe auf.

Da sagt Rick laut: »Nein, ich pfusche nicht. Ich nicht. Lass mich in Ruhe. Nerd!«

Mrs Mistpickels schaut zu uns herüber.

»Das war Nerd!«, ruft Rick in ihre Richtung. »Er ist aufgestanden, um bei mir abzuschreiben.« Dabei segelt sein Pfuschzettel zu Boden.

Mrs Mistpickels ruft durch die Klasse: »Nerd, was ist dir da heruntergefallen?«

Als ich mich bücke, zupft mir Rick blitzschnell meine Arbeit aus der Hand und lässt stattdessen seine Arbeitsblätter auf den Boden segeln.

»Gib sie mir zurück«, sage ich.

»Höhöhö!«

Mrs Mistpickels fragt, was ich denn so lange dort auf dem Boden suche. »Nun bring mir gefälligst diesen komischen Zettel und deine Arbeit.«

Verdammt! Jetzt stehe ich mit dem Pfuschzettel und Ricks Arbeit vor ihr.

»Na, was haben wir denn da?«

Trotz ihres Schielens bin ich mir sicher, dass Mrs Mistpickels mir triumphierend in die Augen schaut. Denn die Arbeit ist nicht nur voller Tintenkleckse, sondern überdies sehe ich auf einen Blick dass keine, aber auch gar keine Antwort stimmt. Rick ist ein Hornochse!

»Deine Arbeit wird gewertet, wie du sie abgegeben hast.«

»Das ist nicht meine Arbeit«, verteidige ich mich.

»Heißt du nicht Nerd?«, fragt Mrs Mistpickels. Oben rechts auf der Arbeit steht mein Name. Dieser verfluchte Rick. Er hatte das alles schon vorbereitet und meinen Namen dorthin gekritzelt. Ich schaue zu ihm und sehe nur, wie er seinen Mund zu einem stummen *Höhöhö* formt.

»Eigentlich müsste ich deine Arbeit mit einer Sechs bewerten. Aber …«, sie steckt den Pfuschzettel in ihr rotes Büchlein, »… ab heute wirst du höflich sein, wenn ich dich um etwas bitte.«

»Das ist Erpressung.«

»Nein!« Und leise sagt sie: »Das ist keine Erpressung, Nerd. Das ist eine Gelegenheit.« Ist Mistpickels ein italienischer Name? Ich habe gehört, dass die Mafia mit solchen Methoden arbeitet.

»Möchtest du meine Tasche schon mal ins Lehrerzimmer bringen?«

»Ist das eine Frage?«, frage ich.

Sie deutet auf ihr rotes Büchlein.

Kapitel 32

Zwei Mobber auf einen Streich!

Ich trage also ihre Tasche. Sie ist schwer. Hat sie Bücher oder Gold aus Smaugs Schatz samt der Zwerge darin? Jedenfalls schleppe ich mich bis zum Lehrerzimmer keuchend damit ab. Verschlossen. Verdammt! Gleich ist große Pause. Rick & Co. werden auf dem Weg zum Schulhof hier vorbeikommen und mich genau hier fertigmachen. Und kein Lehrer wird mir helfen.

Ich steige so schnell es geht die Treppen hoch. Mit der Rechten muss ich mich am Geländer hochziehen, weil die Tasche mich richtig runterzieht. Die Schulglocke klingelt! Die Treppe ist unendlich lang. Meine Brille beschlägt. Das ist wie im Nebel. Ich mag das nicht. Dritter Stock. Rechts und links fliegen Türen auf.

Noch gut 80 Meter bis zur Bibliothek. Ich muss meine Brille putzen. Die Tasche wird immer schwerer. Mein Herz pumpt wie eine Maschine, Schweiß läuft mir über die Stirn runter in die Augen. Es brennt. Ich putze die Brillengläser am T-Shirt ab. Aus allen Türen kommen Schüler, versperren mir den Weg. Die meisten wissen, dass sie für mich heute ins Piranhabecken fassen mussten. Sie pöbeln mich an.

Lauf schneller, Nerd!

Ich biege ein letztes Mal um die Ecke in den Bibliotheksflur, gleich habe ich es geschafft, noch 45 Meter. Ich spüre die Meute hinter mir, den Atem von Rick und Alex. Der Schall ihrer Rufe breitet sich in den Fluren aus, gefolgt von Körpern. Schall ist mit 1000 Stundenkilometern schnell, Mobber bringen es auf knapp 30, aber wenn sie ein Opfer riechen, sind sie wie Piranhas, blitzschnell. Ich sehe Calvin und die Nerdlinge in die Bibliothek schlüpfen. Und höre hinter mir »HÖHÖHÖHÖHÖ!!!!«

Ich renne. Mrs Mistpickels Tasche schleift über den Boden. Ich kann sie einfach nicht mehr hochhalten. Weiter! Nur noch ein paar Meter. Ich muss es schaffen und denke an den Beckenrand im Schwimmbad. Der war auch endlos weit weg. Die Glastür der Bibliothek. Endlich bin ich da! Aber Calvin lässt mich nicht rein, er drückt sie von innen zu.

»Was soll das? Mach auf!«

»Rick hat es mir verboten!« Calvins Stimme dringt kläglich durch das Glas. Mein einziger RLF. Ich drücke gegen das Glas, lehne mich dagegen, die Nerdlinge helfen Calvin. Frau Kastenholz sitzt an der Ausleihe. Warum hilft sie mir nicht?

»HÖHÖHÖHÖHÖ!«

Rick, Alex und die Mobber-Doppelspitze aus der 5d Tom und Darwin mit seiner legendären Klopperei-Zahnlücke. Er hat sie von einer Prügelei mit einem Siebtklässler. Tom sieht mit seinem Totenkopf-Shirt und der schwarzen Jeans eher wie ein Totengräber aus. Ich halte ihnen die Tasche von Mrs Mistpickels entgegen. Wenn Knoblauch gegen Vampire hilft, muss eine Lehrertasche gegen Mobber helfen.

Tom sagt nur: »Gib uns die Tasche.« Und Darwin nimmt sie mir weg. Rick macht »Höhöhö« und Alex öffnet die Tasche. Tom nimmt Mrs Mistpickels Büchlein und reißt genüsslich Seite für Seite heraus. Das gibt Ärger. Die vier Mobber arbeiten zusammen. Sie sind ein eingespieltes *Real Life*-Mobber-Team! Was soll ich dagegen tun? Ich spüre in meiner Hosentasche die Dose mit den Super-Gegenteil-Kapseln.

»Was ist das?«, will Darwin wissen.

Ich schütte mir drei Kapseln auf die Hand.

»Das ist der Mist, den auch Calvin schluckt. Der glaubt, wenn er die Dinger nimmt, dann wird aus einem Typen wie dem ein Supertyp wie ich«, meint Alex und haut mir mit der Faust gegen die Schulter. Das tut weh. Ich stopfe mir die Kapseln in den Mund. Alex sagt: »So viel schluckt Calvin nie. Hast wohl richtig Schiss, du Looooser?«

Den habe ich, aber ich merke sofort, wie die Angst nachlässt. Ob es an den Kapseln liegt? Ich spüre Wut im Bauch, Wut in meinen Adern.

Tom reißt weiter das Büchlein auseinander – Schnipsel für Schnipsel lässt er in die Tasche rieseln. »Soooooo! Die Mistpickels wird dich dafür fertigmachen.« Tom hat behaarte Arme und Muskeln. Ich habe keine Chance.

»Höhöhö. Fertigmachen!«

Ich will schreien, obwohl schreien unlogisch ist. Warum sollte ein Mensch auf kurze Distanz einen anderen anschreien. Dadurch wird das Gesagte nicht klarer. Aber ich schreie: »Was soll die Scheiße! Lasst mich in Ruuuuuuuuhe!!!!!« Wut ist in mir und um mich. Ich balle meine Faust.

Und Alex kippt um.

Und Tom auch.

Und Rick macht nicht mehr »Höhöhöhö«, sondern nur noch »Öööőhhhh«.

Und Darwin: »Ey, hast sie k.o. gehauen wie Klitschko.« Er pfeift respektvoll durch seine Zahnlücke und wiederholt. »Hast sie k.o. gehauen.«

Das habe ich und weiß nicht wie. Es ging so schnell. Ich schaue auf meine Hand. Sie ist immer noch eine Faust, und unter dieser Faust liegen Alex und Tom, und in der Faust ist Wut, ganz viel Wut wie ein glühender Lavastein aus einem Vulkanberg.

Alex berappelt sich, ist wieder auf den Knien und sagt zornig: »Dafür kriegst du so eine in deine Hackfresse.«

Das soll er versuchen. Ich habe noch genügend Wut übrig.

Rick hält ihn zurück. »Lass das! Reiß dich zusammen.«

Dr. Bauklo kommt auf uns zu. »Was macht ihr denn hier? Wollt ihr in die Bibliothek?«

Glaubt er, dass ich zu den anderen gehöre?

»Sehen wir so aus, als wollten wir lesen?«, entgegne ich und schaue auf Tom runter.

Bauklo will wissen: »Was ist mit ihm?«

»Dumm und er fiel um«, sage ich. »Ansonsten passen wir auf, dass nicht jeder in die Bibliothek kommt. Sie dürfen natürlich rein, Herr Dr. Bauklo. Schließlich sind Sie Lehrer.«

Bauklo schaut verdutzt, doch er nutzt die Chance und verschwindet hinter der Glastür.

»Der hat Schiss vor dir«, sagt Rick. »Höhöhö. Schiss! Hast du gesehen, wie dem die Flötentöne vergangen sind, als du ihn angeschaut hast? Schiss hat der!«

Und Darwin meint: »Piranha-Eier. Du hast echt Piranha-Eier.«

Kapitel 33

THE DARK NERD is born!

Ich schlage bei Darwin ein, der mich an seine Brust presst. Totenkopfbrust. Ich habe keine Angst mehr. Sogar die Umarmung stört mich nicht. Die anderen halten ihre Hände hin und wir klatschen uns ab. Wir sind ein Team. Grenzenlos frei und böse!

»Klitschko. Klitsch und k.o. Höhöhöhö!«

Es bellt zu meinen Füßen. Was ist das denn? »Otto?«

»Ja«, sagt Rick. »Du kannst ihn sehen? Ist er nicht süß?«

Ich streichle Otto über den Kopf. »Braver Otto, ganz braver Otto.« Otto ist ein Mops. Wisst ihr wie Möpse aussehen? Genau: Wie eine gescheckte Kuh, die in eine Presse geraten ist und bellen kann. Otto ist aber anders, denn er ist der schlankeste Mops der Welt, ein sogenannter Sportmops!

»Gib Pfötchen«, sage ich.

Da steigt mir ein Geruch in die Nase.

»Hey, Nerdine!«, sagt Darwin.

Jetzt drehe ich mich um, sehe sie auch.

»Nerd?«, sagt sie, als sei es eine Frage.

»Ja«, sage ich.

»Wo willst du hin, Nerdine?«, versperrt ihr Darwin den Weg.

»Lass sie«, sage ich und grinse ihn an.

»Okay, hab kapiert«, meint Darwin, und Rick gibt wieder sein »Höhöhö« von sich.

Nerdine schaut mich noch einmal an und lächelt verschämt, dann verschwindet sie in der Bibliothek.

Ich nehme die Tasche von Frau Mistpickels und gehe voran zu den Toiletten. Mobber mögen Toiletten. Denn auf den Toiletten dürfen sie nicht rauchen, nicht die Klotüren beschmieren, nicht kleinere Schüler unterdrücken. Deshalb lieben Mobber Toiletten: Denn all das dürfen sie dort nicht, aber keiner hindert sie daran, es trotzdem zu tun.

Meine neuen Freunde und Otto folgen mir. Auf dem Flur ist kein Schüler, in den Klassen sind keine Schüler. Auf den Toiletten dringt Qualm aus der mittleren Kabine.

»Hier ist Rauchverbot!«, sage ich mit tiefer Stimme, als sei ich Hausmeister Bissig. Wenn mich die anderen gut finden sollen, so muss ich nun etwas tun, etwas Fieses tun.

Sofort flüstert es hinter der Toilettentür, dann erscheint ein Gesicht oben über der Toilettentür. Es gehört einem Sechstklässler. »Nerd? Was machst du Opfer denn hier? Und wie sehen deine Haare aus?« Ich schaue kurz zum Spiegel. Tatsächlich! Meine Haare stehen ab wie Ricks. Hat mich deshalb Nerdine eben so angeschaut und »NERD?« gefragt? Ein zweites Gesicht erscheint oben an der Klotür.

»Kennt ihr die?« Ich zeige auf Mrs Mistpickels Tasche. »Dann guckt mal, was ich damit mache.« Ich stelle sie ins Waschbecken, öffne sie weit und lasse Wasser hineinlaufen. Die beiden gucken erstaunt. Ich sage: »Wisst ihr, was ihr jetzt gleich machen werdet?«

»Ne, wissen wir nicht.«

»Ihr stellt der Mistpickels die Tasche vors Lehrerzimmer und klopft dann an. Denn ich hab keinen Bock auf Ärger.«

Die beiden lachen, ich lache nicht, sondern schnippe nur mit den Fingern und zeige auf meine Jungs. »Dann werden sie euch dazu bringen. Stimmt's Jungs?« Rick, Darwin, Tom und Alex blicken mich an, zwei stehen rechts von mir, zwei links.

Meine Crew ist bereit. Es ist ruhig und riecht unerbittlich nach Klostein. Sonnenlicht fällt schräg durch ein Fensterchen. Es sprechen nur noch Blicke. Meine fünf Verbündeten heben ihre Hände/Pfoten, wir schlagen ein, und dann drücke ich kurz aber heftig gegen die Klotür. Die Jungen purzeln dahinter vom Klosett herunter. Und ich sage: »Ihr wisst, was ihr zu tun habt?«

Ihr glaubt gar nicht, was jetzt passiert!

Die Jungen wehren sich nicht einmal, obwohl sie beide größer sind als wir. Denn sie haben Angst. Angst und Respekt sind Brüder. Von einem auf den anderen Moment ist aus dem guten Nerd der böse Nerd geworden. Es ist so leicht, böse zu sein.

Ehe die Sechstklässler raus sind, frage ich die beiden noch: »Könnt ihr Otto sehen?«

Sie nicken. Also sind sie auch Mobber, gemobbte Mobber.

Sie verlassen mit der nassen Tasche die Toilette.

Wir warten einen Moment, dann gehen wir ebenfalls. Blöderweise ist der Flur nicht breit genug für uns alle. So muss einer von uns in der zweiten Reihe gehen, aber keiner will das. Also sage ich: »Ihr seid mein Körper, und ich bin euer Kopf, und ich frage euch: Muss einer hinten gehen?«

Weder Rick noch Alex noch Darwin noch Tom oder Otto kennen die Antwort. Sie sind nicht zum Denken geboren.

»Richtig«, sage ich. »Es muss keiner hinten gehen. Denn ab jetzt gehe nur noch ich vorne. Ist das klar?«

»Klar!«, sagen sie. Wieder schlagen wir ein und werden zusammen eins. Ein neuer Nerd ist geboren. The Dark Nerd! So richtig fett geschrieben. **THE DARK NERD!** So richtig **DAAAAARK!** Eine neue Zeit bricht an und Meister Yoda sagt:

Begonnen der Angriff jetzt hat!

Ich bekomme jedenfalls in der Kantine zu essen. Das erste Mal, dass ich die *Halle der zubereiteten Nahrungsmittel* angstfrei betreten darf. Ich bin ab heute Mensch und kein Opfer mehr, keiner von den armen Typen, die mit Ketchup-Tütchen groß wie Matratzen bespritz oder denen Pommes in die Nasenlöcher gesteckt werden. Schließlich habe ich die Super-Gegenteil-Kapseln. Auf der Kantinen-Speisekarte steht: Nudeln mit Tomatensoße + Schokopudding – mit Kokosraspeln oder bunten Zuckerraspeln.

»Ich liebe Schokopudding«, sage ich.

Meine Freunde nicken.

»Ihr mögt also auch Schokopudding?«

»Ja«, sagen sie und essen weiter ihre Nudeln.

»Kleckere nicht, Rick!« Der schaut mich nervös an und versucht vergeblich, seinen Tomatensausenfleck mit einer Serviette wegzuwischen.

»Gut so, Rick«, sage ich. »Ich will übrigens mehr als ein

Schüsselchen Schokopudding zum Nachtisch.«

»Ja.« Sie schieben alle ihre Schälchen zu mir rüber. Das ist die ultimative Geste der Unterwerfung. Als ob Gargamel, Megatron, Lord Voldemort und Joker sich Darth Vader ergeben. Ja, so muss es sein. **THE DARK NERD** regiert uneingeschränkt.

Ich könnte meinen Gefährten nun befehlen, mir nicht ihren Schokopudding zu geben, sondern mir einfach vom Nachbartisch Schokopudding zu besorgen. Jedoch tue ich das nicht. Denn ihre Geste verlangt eine große Geste von mir. Sie wollen mich beschenken, um sich mir zu unterwerfen – und so esse ich ihre Schüsselchen leer. Die ganze Kantine schaut mir dabei zu. Egal wohin ich schaue, überall nur staunende Gesichter! Das ist der Moment der Macht! Schälchen für Schälchen erlöffele ich mir Respekt, egal wie schlecht mir von diesem Schokopudding wird, ich esse und esse. So muss sich Anakin Skywalker gefühlt haben, als er unter die Maske des Bösen schlüpfte, und Bilbo, als ihn der Ring in seinen Bann zog. Die Macht hat stets zwei Seiten, eine helle und eine dunkle Seite, und ich genieße die dunkle … und sehe Patrizia, die mich anhimmelt. Rick sieht das, und Darwin sagt sogleich: »Jetzt gibt sie dir sicherlich ihr Handy.«

Ich winke ab. »Keine Sorge, Rick. Ich will es gar nicht.«

Rick schaut mich dankbar an und ich nehme mir für den Nachmittag frei. Mit soviel Schokopudding im Magen kann ich mich unmöglich auf Mathematik und Biologie konzentrieren.

Kapitel 34

THE DARK NERD im Kampf gegen die Security!

In der Tiefgarage wartet schon der Pizzabote auf mich. »Bringen Sie mich zu einem Laden, wo es Barometer gibt. Ich muss dorthin.«

»Ich aber nicht«, sagt er.

»Doch, ich glaube schon. Sonst werde ich Patrizias Eltern darüber informieren, dass Sie nebenher Geld mit Taxidiensten verdienen.«

Der Pizzabote sagt zähneknirschend. »Okay. Wo gibt es diese Baro…?«

»…meter. Und ich will nicht irgendein Barometer, sondern das Goethe'sche Barometer. Sie werden schon herausfinden, wo es so etwas in der City gibt.«

Der Pizzabote zückt sein Handy und telefoniert mit jemandem. Ich verstehe kein Italienisch, nur das Wort *Barometer*, das ständig fällt, und den Namen *Goethe*. Dann sagt er mehrmals »Si! SI! SI!«.

Wieder gibt es Pizza- und diesmal auch ein paar Nudelreste in meiner Transportkiste.

Nein, **THE DARK NERD** isst keine Reste. Er wirft sie auf den Minicooper von Mrs Mistpickels, schleudert sie auf die englische Flagge auf der Motorhaube. Und eine halbe Portion Spaghetti Carbonara ins Cabrio von Ritter Sport.

Wir rasen aus der Tiefgarage. Da höre ich ein Bellen. Es ist Otto. Er rennt flink auf seinen kurzen Beinchen hinter uns her. Und schwuppdiwupp springt er zu mir ins Körbchen.

»Braver Hund.«

Der Pizzabote schaut sich um. »Mit wem redest du da?«

Er kann Otto nicht sehen. Ob die Videokamera oben an der Tiefgaragenausfahrt Otto gerade aufnimmt? Oder ist er auch auf Videoaufzeichnungen unsichtbar?

Egal. »Geben Sie Gas, ich habe es eilig.«

Wenige Ecken später stehen wir vor *KaufDichGlücklich*, dem »größten Kaufhaus der Stadt«. Das behauptet jedenfalls mein Pizzabote. »Die haben hier alles.«

»Ich will lediglich ein Goethe-Barometer. Gibt es das hier?«

»Si, si, si.«

»Kann ich mal Ihr Handy haben?«

Ich mache ein Foto von Otto und zeige es dem Pizzaboten.

»Wie kommt der Hund in meinen Pizzakasten zu dir?«

»Otto heißt mein Mops.«

»Was meinst du mit Otto? Und was ist ein Mops?«

»Ein Hund. Es ist der Mops Otto, nicht Ottos Mops. Kapiert?«

»No.« Er versteht nichts, er kennt das Gedicht von Ernst Jandl nicht. Kennt ihr es? Falls nicht, so googelt es einfach. Früher oder später werdet ihr es in der Schule lesen.

Ich sage jedenfalls zu meinem Pizzaboten: »Si, si, si, *magic* ist das mit Otto. Ganz *magic*.« Und stecke sein Handy ein.

Im Kaufhaus läuft alles gut, aber dann gibt es ein Problem! Will heißen: Ich durfte zwar selbst den sperrigen Karton mit dem

Goethe-Barometer aus dem Regal holen, aber auch von **THE DARK NERD** will die Kassiererin am Ende Geld oder eine EC-Karte für das Barometer sehen. So muss ich meinen genialen Verstand anwenden.

Gott sei Dank hat das Handy vom *Pizzablitz* Internetempfang und schon bin ich drin im Computerprogramm vom Kaufhaus. Was einige von euch vielleicht nicht wissen: Ihr könnt mit der Handycam den Barcode auf einem Produkt einscannen, genau wie die Frau an der Kasse mit ihrem Barcodescanner. Wenn ihr nun nerdig genug seid, verknüpft ihr über Bluetooth euer Handy mit der Kasse und registriert in der Kassensoftware den Vorgang als bezahlt. Sofort ist euer Produkt – also mein Goethe-Barometer – frei von sämtlichen Anti-Klau-Vorrichtungen. Genau das mache ich und scanne das Barcode-Schildchen auf dem Karton ein und … kurz darauf gehe ich in aller Seelenruhe durch die Lichtschranke am Ausgang und … der Alarm piept. Verdammt! Ich muss was falsch gemacht haben.

BIEP! BIEP! BIEP!

Der Securitymann befiehlt mir: »Bleib stehen!«

Aber **THE DARK NERD** weiß, was er zu tun hat: Nicht stehen bleiben, sondern RENNEN!

Und zwar direkt in die Fußgängerzone.

Wo ist mein *Pizzablitz*?

Der Securitymann ist flink und ich bin nicht der Schnellste. Die Superkräfte von **THE DARK NERD** können nicht mit

Supermans Superkräften mithalten. Mir fehlen ja auch sein Röntgenblick und seine ungeheure Sprungkraft. Ich jogge also um den Brunnen in der Fußgängerzone, der Securitymann läuft mir hinterher, die Leute schauen uns an. Nach vier Runden weiß ich nicht mehr wohin, weil mir eine Mutter mit Kinderwagen den Weg versperrt, und ich sprinte zurück ins Kaufhaus. Es piepst wieder am Ausgang, der jetzt mein Eingang ist.

BIEP! BIEP! BIEP!

Noch ein Securitymann taucht auf. Ich sprinte die Rolltreppe hinauf, Damenunterwäsche-Abteilung. BHs und Höschen stehen so dicht, dass ich mit meinem Goethe-Barometer-Karton gerade noch so zwischen den Ständern hindurchschlüpfen kann. Wieder ein Securitymann, diesmal ein ziemlich fetter, der aber extrem wendig ist. Ich schnappe mir eine Perücke, lange rote wuschelige Haare, renne zur Mädchenabteilung, greife mir ein kariertes Teenie-Kleid und ein paar schwarze Schuhe mit hohen Absätzen – und verstecke mich in der Umkleide.

Ganz ruhig, Nerd! Ruhig. Du musst dich verkleiden!

Auch wenn die Stöckelschuhe eine Nummer zu groß sind, wackele ich aus der Umkleide und hinüber zu einem Kleiderständer in Kassenähe, von wo aus ich mich erneut in die Kasse hacke. Noch einmal versuche ich es mit dem Barcodetrick. Die Kasse piept, die Kassiererin wundert sich, mein Handy piept ebenfalls, und ich gehe weiter. Der fettleibige Securitymann

taucht wieder auf. Er erinnert mich an den dicken Schauspieler in der Fernsehserie *King of Queens*, der immer die Pakete austrägt.

Ich blicke zwischen den Bikini-Oberteilen hindurch. Der Kerl ist in Alarmbereitschaft und schaut hin und her, hin und her. Sie suchen nach mir, als hätte ich gerade die Deutsche Bank ausgeraubt. Aber **THE DARK NERD** ist einfach zu clever für sie. Ich stöckele mit meinem Karton unterm Arm wieder durch die Unterwäsche-Abteilung. Hast du schon mal versucht, lässig auf Pumps zu laufen? Falls ja, dann weißt du, was Gleichgewichthalten heißt. Ich habe ab heute jedenfalls höllischen Respekt vor all den hochgewachsenen Ladies, die auf Stöckelschuhen unterwegs sind, um ein bisschen längere Beine zu haben. Das Gehen auf Stöckelschuhen müsste eigentlich olympische Disziplin sein. 100-Meter-Stöckelschuhlauf oder 10.000-Meter-Pumps-Hindernislauf oder Highheel-Hochsprung!

Der Securitymann hat mich wieder im Visier. Er ist hartnäckig. Ob er trotz meiner Verkleidung ahnt, wer ich bin? Er kommt hinter mir her. Ich bin an der Rolltreppe. Er wird schneller, ich werde schneller. Ob meine Perücke richtig sitzt? Oder verrät mich der Barometer-Karton unter meinem Arm? Keine Ahnung. Ich versuche, möglichst schnell die Treppe runterzusteigen, ohne dass es nach Laufen aussieht. Rücken gerade und Rolltreppe runter, heißt das Rezept. Er schaut mir nach. Das spüre ich. Die nächste Rolltreppe, die Schritte vom Securitymann hinter mir sind laut. Es ist eine Verfolgungsszene wie in einem James Bond. Ich stöckele und stöckele, *klock, klock, klock*.

Als ich fast schon unten im Parterre bin, schaue ich mich um. Genau in dem Moment kommt der Securitymann und sieht mein Gesicht. Er hat mich erkannt. Ganz sicher! Ich renne die letzten Schritte auf der Rolltreppe runter, dann warte ich davor. Er stürmt mir hinterher, rennt auf mich zu, und bevor er die letzte Stufe erreicht hat, ziehe ich die Notbremse! Die Rolltreppe bleibt sofort stehen und der Securitymann fällt und fliegt. Ich muss zur Seite springen, damit er an mir vorbeisegeln kann und unter den kurzen Hosen für Männer verschwindet. Weg ist er! Weit über 110 Kilo sind einfach verschwunden.

Einige der Kunden schauen irritiert zu mir rüber.

Ich bleibe ruhig, gehe ganz natürlich zum Ausgang. Diesmal piept der Karton unter meinem Arm nicht. Es hat geklappt. THE DARK NERD hat die Alarmanlage überlistet!

Draußen schaue ich mich um. Überall Menschen.

Aber kein Pizzabote?

Ich rufe: »Pizza Tonnnnno mit doppelt Zwiiiieeeeebeln!«

Angelockt von der Bestellung rast der Pizzabote mit seiner Maschine auf mich zu. Na endlich. Ich steige hinten in den Kasten zu Otto, der begeistert kläfft – und der Securitymann, der im selben Augenblick aus dem Kaufhaus stürmt, kann uns nur noch frustriert nachschauen.

THE DARK NERD hat gewonnen! – auf ganzer Linie!

Alle meine Tränen, die ich in den vergangenen Wochen geweint habe, sind trocken und vergessen. Falls Mädchen wie Nerdine auf Sieger stehen, so muss sie mich ab heute lieben.

Kapitel 35

TWILIGHT KEN vs. PINKI PANZA

Sarahs Auge im Spion. Sie will die Türe aufziehen, aber ich drücke im gleichen Moment kräftig dagegen. Sie fällt dahinter um.

THE DARK NERD ist daheim!

Ich schaue auf sie hinunter und sage: »Begonnen der Angriff jetzt hat!«

Sie will mich anschreien, aber Otto hält ihr eine Pfote auf den Mund und schleckt ihr Gesicht mit seiner fleischigen Mopszunge ab.

Watsch! Watsch! Watsch!

Sarah schubst ihn angeekelt zur Seite. Otto knurrt kurz und sie ruft entsetzt: »Mama!«

Die kommt. »Was ist denn los? Ich muss arbeiten.«

»Der Mops hat mir das Gesicht abgeleckt. Bääääähhhhh!«

Mama kann Otto nicht sehen, stattdessen starrt sie mich an: »Wie siehst du denn aus, Nerd? Warum hast du Mädchensachen an?«

»Was dagegen?«, entgegne ich kurz. Und stolziere an beiden vorbei in mein Zimmer. Otto läuft mit erhobenem Stummelschwanz neben mir her. Seine Lefzen triefen noch vor Speichel. Dann drehe ich mich entschlossen um und sage zu meiner Schwester: »Ich werde jetzt mit Püppchen spielen und zuerst ist deine Pinki Panza dran.«

Mama meint: »Dann könnt ihr ja zusammen spielen. Aber das kurze Kleid steht deinem Bruder nicht. Was meinst du, Sarah?«

In meinem Zimmer liegt der Türsteher noch immer auf dem

Boden. Ich beginne mit meiner Arbeit. THE TWILIGHT KEN soll Killerbarbie Pinki Panza das Fürchten lehren. Er soll eine dunkle und eine helle Seite haben. Er soll schön und gleichzeitig böse sein. Zuerst einmal verberge ich seinen kahlen Türsteherschädel unter dichtem rotem Haar, das ich meiner Perücke entnehme. Das gehört zu meinem genial-hinterhältigen Plan.

Ken wird der attraktivste Roboter des Universums werden. Denn die wahre Waffe gegen eine Robota wie Pinki Panza ist die Schönheit. Dagegen kann sich kein Mädchen wehren.

Es klopft.

»Nein. Ich habe zu tun.«

Papa tritt trotzdem ein und staunt über mein Kleid. Er stolpert dabei fast über Otto, der im Weg liegt und schläft. Sehen kann Papa Otto ja nicht, schließlich ist er kein Mobber. »Was soll das mit dem Kleid? Ist es die Schule, die dich so verändert?«

»Ja, ich habe endlich etwas fürs Leben gelernt.«

»Du musst wissen, wir halten immer zu dir. Wenn du lieber ein Mädchen sein möchtest, werden wir dir nicht im Weg stehen. Mama und ich haben Erfahrungen mit Mädchen, schließlich ist Sarah auch eines. Davon werden Mama und ich die künftigen Erziehungsmuster für dich ableiten. »Ich werde diese weiter ergänzen und ausarbeiten und dir sowie Sarah und Mama meine Ergebnisse posten, damit wir alle die gleiche Diskussionsbasis haben.«

Ich vertiefe mich tiefer und tiefer in meine Arbeit an THE TWILIGHT KEN. So muss sich Frankenstein gefühlt haben, als er sein Monster schuf. Das Innenleben von KEN muss ebenfalls völlig erneuert werden und schließlich bekommt er von mir noch eine leuchtende Kugel. Am Ende steht er da, ein Geschöpf, das nur zu einem Zweck geschaffen wurde: die Vernichtung Pinki Panzas. Wenn Barbie die perfekte Frau ist, so ist Ken der perfekte Mann in einer perfekten Welt. Und sein Charakter? Packt all das Böse aus sämtlichen Ballerspielen und Horrorfilmen auf eine Festplatte, und ihr habt eine Vorstellung von meiner Kreatur mit den roten Augenwimpern, die jetzt klimpern. (Kleiner Reim von **THE DARK NERD**!)

Ich muss nur noch warten, bis Sarah schläft, damit ich meinen teuflischen Plan in die Tat umsetzen kann. Ich hacke mich mit einer Software, die sich *Webcam Spy 47.11* nennt, in ihre Cam am PC, übrigens könnt ihr das auch von eurem PC, und schaue mich durch Sarahs Cam in ihrem Zimmer um. Nichts los. Das Poster von *Sternensamurai Oshikantu* hängt an der Wand über ihrem Bett, daneben sein Schwert, direkt vor dem PC steht ihr Stuhl. Wo ist Sarah? Wie auf Kommando springt sie tanzend vor die Kamera. Oh Gott, nein!!! Sie spielt auf ihrer Wii-Gitarre, wirft den Kopf dabei hin und her.

Ich riskiere es – und schalte neugierig das Mikro ein. Und höre sie mit ihren Wii-Hardrock-Kampfschwestern singen: »UGLY! UGLY! I FEEL UGLY AND GOOD. (Ich fühle mich hässlich und gut.)

Ich stelle den Ton wieder aus und das Bildschirmfenster klein. Es dauert sicherlich noch ein bisschen, bis sie schlafen geht.

Neben Bilbo Beutlins Namen leuchtet das grüne Pünktchen – er ist ON.

»Wie geht es dir, Nerd?«

»Gut.«

»Das dürfte deine Laune weiter heben. Habe festgestellt, dass es doch Aufzeichnungen von der Kamera vor der Loge des Hausmeisters gegeben haben muss.
Auf der Festplatten des Apple in Frau Nabelbruchs Büro waren digitale Spuren, die der Dieb nicht gelöscht hat. Ich hatte sie zuerst übersehen, so aber werde ich den Dieb zur Strecke bringen, so

wahr ich Bilbo Beutlin von Beutelsend heiße, Sohn der legendären Belladonna Tuck.«

Durch Sarahs Cam sehe ich derweil, dass sie ihre Wii-Gitarre zur Seite legt und sich aufs Bett hockt. Die wilden Kampfschwestern haben sich ausgepowert. Bald wird sie schlafen. Während sich Bilbo den Spuren auf dem Computer widmet, bleibt noch Zeit für Rick. Er gibt mir die Administratorenrechte für die Seite *The Loser Nerd,* die ich sofort in **THE DARK NERD** umbenenne. Anschleimer- und Anhängerseite dürfen mir jetzt auf dieser Seite huldigen.

Mittlerweile ist es Mitternacht und Sarah schläft. Ich warte, bis sie im Tiefschlaf ist. Über ihr Mikro ist nur noch ein Schnarchen zu hören und THE TWILIGHT KEN ist einsatzbereit.

»Geh! Erfülle deine Pflicht.«

Ken gehorcht. Otto läuft ihm hinterher. Er kennt keine Roboter und wundert sich, beschnuppert Ken von allen Seiten und will sein Bein an ihm heben. »Lass das, Otto!«, sage ich.

Die beiden haben Sarahs Zimmertür erreicht. Ich drücke die Klinke herunter. Sarah schnarcht. Nur Pinki Panza ist wach. Sie streichelt meiner Schwester über den Kopf und singt dazu:
»Schlaf, Kindchen, schlaf, die Robota
hüt die Schaf …«

Ich schnippe laut mit den Fingern. SCHNAPP! SCHNAPP! SCHNAPP!

Erschrocken schaut Pinki Panza zu uns herüber, ist dann aber sogleich betört von Kens Anblick.

Sarah pflaumt mich an:
»Was machst du denn hier, Brüderchen?«

»Es ist soweit, Schwesterchen. Pinki wird jetzt ihrem Schöpfer entgegentreten.«

»Wollen wir mal sehen, wer hier welchem Schöpfer entgegentritt. Was hat dein geleckter Ken überhaupt für eine bescheuerte Frisur? Die ist ja schlimmer als deine! Und was soll diese dämliche Kugel in seiner Hand?« Sarah hebt einen der Zöpfe von Pinki Panza und flüstert ihr etwas ins Ohr, woraufhin Pinki zum Kampf ihre Würgezöpfe hin und her wiegt.

Es ist fast dunkel im Zimmer, nur Oshikantus Schwert leuchtet.

»Vernichte ihn!«, befiehlt Sarah Pinki.

Die stampft auf Ken zu. Der bleibt jedoch ungerührt stehen. Seine Wimpern glänzen im Schein der Kugel, die er Pinki entgegen streckt. Hübsch ist er, sehr hübsch. Und was macht eine hässliche Robota mit Würgezöpfen, wenn ein hübscher Roboter wie Ken ihr eine leuchtende Kugel hinhält? Sie breitet ihre Arme aus und nimmt die Kugel an.

Meine Schwester ist baff. »Was soll das? Töte ihn! Dafür habe ich dich erschaffen. Mach ihn fertig!!!!«

Stattdessen streichelt Pinki Ken nun liebevoll über den Kopf. Und der gibt ihr einen feurigen Kuss. Und die Kugel zwischen ihnen beginnt zu glühen. Gleichzeitig stinkt es wie in einer chemischen Fabrik. Die Stromkreise von Pinki und Ken fließen durch die Kugel ineinander. Platinen glühen, Kunststoffe, Drähte,

Hände, die Zöpfe. Sarah will Pinki Panza vor dem Glühtod retten. Zu spät. Sie verbrennt sich nur die Finger. Es zischt und funkt. Und dann liegt dort auf dem Teppich nur noch ein glühender Klumpen Metall und Plastik. Die Liebenden sind wie Romeo und Julia miteinander verschmolzen zu einem einzigen Bündel Energie.

»Was hast du gemacht?«, schreit mich Sarah an.

»Gewonnen.«

»Das macht doch keinen Sinn. Dein Ken ist auch kaputt.«

»Wenn das Nichts am Ende alles ist, hat die dunkle Seite gesiegt.«

Sarah schaut auf das noch glühende Häufchen Roboterreste, während Otto das Bein hebt und darauf *Psssssst* macht. Ein letztes Zischen, dann ist das Feuer zwischen Pinki und Ken erloschen. Aus und vorbei!

Kapitel 36

Schluss mit dem Horror!

Der nächste Morgen ist perfekt. Vor der Schule klaue ich einem Mitschüler aus der 5a den Rucksack und verstaue den Karton mit dem Goethe-Barometer in meinem Spind. Dann klatsche ich mich mit Rick und Alex ab. »Hey, hey, hey, Alter.« Rick und Alex klatschen ebenfalls ab und sagen die gleichen Worte. Calvin schaut neidisch zu uns rüber, er würde jetzt auch gerne mit Rick und Alex *Hey, hey, hey, Alter* sagen, aber für ihn ist die Welt noch die gleiche wie gestern. Für mich hingegen ist sie neu und gut und richtig rund.

THE DARK NERD startet in Tag Zwei und es riecht hinter meinem Rücken wieder mal nach diesem genialen Mix aus Platinenduft und frisch gebrannter Festplatte.

Ich drehe mich um: »Nerdine?«

Sie schaut mich an, aber ihr Lächeln scheint auf Urlaub.

»Hallo Nerd.«

»Wie geht's? Wie steht's?«, sage ich möglichst locker.

»Dir scheinbar gut«, sagt sie kühl.

Wie meint sie das? Ich bin irritiert und laufe hinter ihr her. »Warte, Nerdine. Ich würde gerne mit dir reden und dir das Mäppchen zurückgeben, das dir Alex geklaut hat.«

»Hast du es von deinen neuen Freunden?« Sie schaut dabei über meine Schulter hinweg zu Rick und Alex.

»Das ist doch dein Mäppchen?«

»Ja, und?«

Ich halte ihr das Mäppchen hin. »Damit ist jetzt Schluss.«

»Womit ist jetzt Schluss, Nerd?«

»Na, mit dem ganzen Mist, den sie dir angetan haben. Wie viele Radiergummis haben dir Rick und Alex schon zerbröselt? Wie oft haben sie über dich gelacht? Hier ist dein Mäppchen. Du musst keine Angst mehr vor ihnen haben – und ich, ich hole mir meine Würde zurück. Darauf kannst du dich verlassen.«

»Ich weiß ja nicht, was du unter Würde verstehst, aber …« Sie stockt und öffnet das Mäppchen, zieht Stifte, Radiergummi, Spitzer und Lineal heraus. Dann nimmt sie alles, wirft es in den Mülleimer und will weggehen.

Ich halte sie am Arm fest. »Warum tust du das?«

»Lass mich«, sagt sie.

»Wir können mal Elbenscrabble spielen. Bilbo Beutlin fände es bestimmt auch gut, wenn wir zu dritt …«

Sie befreit ihren Arm aus meinem Griff und geht. Ich schaue ihr noch einen Moment lang nach, wie sie zu den anderen vor die Klassentür geht. Dann ruft Alex: »Hey, Nerd, komm. Das lohnt sich nicht. Mädchen wie Nerdine sind halt manchmal zickig. Vergiss es.«

Kapitel 37

»Höhöhö« soll Buchstabierkönig werden!

Die ersten beiden Stunden Politik und Sozialkunde perlen an mir ab. Ich schaue immer wieder zu Nerdine rüber. Es ist mir egal, was Benjamin Teilhaber da vorn erzählt, und es kümmert mich und meine Kumpel nicht, was er von der Klimaerwärmung faselt. Aus unseren Arbeitsblättern und denen unserer Nachbarn machen wir Papierflieger. Ich werfe einen nach vorne in die erste Reihe. Er landet genau vor Marlene, die sich zu mir umschaut. Ich lächele, sie lächelt nicht zurück.

»Die will nur spielen«, sagt Rick. »Höhöhö.«

Dann geschieht etwas Unvorhergesehenes, denn Benjamin Teilhaber erklärt: »Ihr wisst, dass in knapp zwei Wochen die großen Ferien beginnen und wie immer am letzten Schultag unser traditioneller *Schul-Buchstabier-Wettbewerb* stattfindet.«

»Öhhh neee!«, stöhnt Alex laut auf.

Ich muss an den Pokal auf Schmitts Schreibtisch denken. Teilhaber fährt trotz der einsetzenden Unruhe fort. »Da Friedrich ja leider die Schule gewechselt hat, müssen wir einen neuen Klassenvertreter wählen.«

»Müssen wir?«, ruft eine von Patrizias Zicken rein.

»Müsst ihr nicht. Aber schön wäre es schon, falls ihr …«

»Mach du es doch, Kasimir!«, ruft Alex rein. Und imitiert Kasimirs hohe näselnde Stimme: »Ich buchstabiere mal den Namen Kaschimir. Also, ich höre darin ein SCH wie in dem Wort

SCHHHEIIIISCHER!« Natürlich lachen alle, und Alex haut von hinten Kaschiiiimiiir mit seinem Lineal auf den Kopf, sodass Teilhaber ruft: »Hör auf damit!«

Dann sage ich: »Warum soll nicht Rick uns vertreten? Er kann es! Ganz bestimmt! Ich schlage Rick vor.«

Der schaut mich entsetzt an. Ich gebe ihm ein beruhigendes Handzeichen. »Kein Stress, Rick. Wird ein Spaß. Glaub es mir.«

Herr Teilhaber kann sich nicht vorstellen, dass mein Vorschlag ernst gemeint ist. »Na, ihr könnt es euch ja noch einmal überlegen. Morgen ist der letzte Tag für die Nominierung eures Kandidaten.«

»Rick!«, wiederhole ich laut und stupse Calvin in die Seite, der mir sofort »Rick!!« nachplappert, und ich wiederhole seinen Namen noch einmal lauter »Rick!!!«, und rhythmisch: »Rick!!!! Rick!!!! Rick!!!! Rick!!!!« Calvin macht mit und Alex auch und Kasimir und selbst die Cityzicken rufen jetzt laut »Rick! Rick! Rick!«, bis schließlich die ganze Klasse seinen Namen grölt. Rick selbst sitzt wie festgetackert da und ist rot im Gesicht. Schämt er sich?

Patrizia dreht sich nun auch noch zu ihm um und wirft ihm einen Kussmund zu.

»Und Ruuuuhhhhhe!«, rufe ich. Augenblicklich ist es still.

Zu Rick gewandt frage ich: »Nimmst du die Wahl an, Rick?«

Der ist mittlerweile puterrot. Aber er steht auf und erklärt mit bebender Stimme: »Ja, ich nehme die Wahl an.«

Als sei dies noch nicht genug, kommt Teilhaber auf uns zu –

gerade rechtzeitig kann ich Otto von seinem Platz zwischen Rick und mir verscheuchen – und gratuliert Rick. Die Klasse jubelt, und Teilhaber schüttelt Ricks Hand, als wolle er Würfel in einem Würfelbecher so richtig durchschütteln.

Weder Rick noch Teilhaber noch irgendjemand sonst kann fassen, was hier in der 5b gerade geschehen ist. Es ist einer von jenen Momenten, in denen alles möglich ist, weil alle sich gemeinsam auf ein Ziel geeinigt haben. Irgendwie bin ich selbst überrascht von meinem genialen Einfall, die hirnlose Obermobber-Tomate Rick zum Buchstabierkandidaten aufzustellen. Das wird ein Fest! Rick wird ganz sicher sich und seinen Vater Direktor Schmitt bis auf die Knochen blamieren. Das haben sie verdient. Schließlich haben sie mich

fertiggemacht. Rache ist süß. **THE DARK NERD** wird Rick entwürdigen und sich seine Würde zurückholen!

Otto schaut mich an und zwinkert mir zu. Er ist der einzige, der meinen teuflischen Plan durchschaut hat. Dann zische ich ihm »Los, fass!« zu. Und Otto beißt Teilhaber in die Wade, kurz aber präzise. Der schreit auf, und alle lachen über Teilhaber, der Otto ja auch nicht sehen kann, aber den Biss spürt. Nur Rick ist noch so in seinem Glück gefangen, dass er das hämische Lachen der Klasse nicht zu teilen vermag.

In der Pause verfliegt Ricks Freude jedoch schnell.

Wir – Alex, Mops Otto, Darwin, Rick, Tom und ich – stehen auf dem Schulhof. Wir haben uns so platziert, dass die anderen um uns herum Fußball spielen müssen. Sollte jemand den Ball gegen uns schießen, landet er sofort im Container.

Alex berichtet Darwin und Tom aus der Parallelklasse von Ricks Wahlsieg. »Bis auf Nerdine haben alle für Rick gestimmt. Das war richtig …«

»… geil«, ergänzt Darwin. »Und du hast ihn vorgeschlagen?«, fragt er mich.

Ich nicke und Darwin fragt: »Und wie soll Rick gewinnen? Was für einen Trick hast du auf Lager?«

Immer noch im Siegestaumel schaut mich Rick an. Er glaubt, dass ich irgendeinen Plan habe. »Ja, wie machen wir das, Nerd?«

Ich sage nur: »Du machst das schon, Rick. Du hast ja jede Menge Buchstabierverstand.« Dabei tupfe ich gegen seine Stirn *KLOCK! KLOCK! KLOCK!* und sage: »Oh, das klingt hohohohl!«

Alle lachen, nur Rick ist nicht nach Lachen zumute.

Er stottert: »Wie meinst du das? Ich kann das nicht.«

»Doch, sicher. Buchstabier einfach mal *Xylofon.*«

Augenblicklich ist es mucksmäuschenstill. Selbst die Kicker sind für eine Sekunde ruhig, die Mädchen, die gerade neben dem Container Seil springen ebenfalls, Patrizia, die sonst redet und redet, hält den Mund – und oben im dritten Stock in der Bibliothek schreiben die Füller der Opfer am Losertisch nicht mehr. Die Welt hält den Atem an, denn Rick buchstabiert das Wort *Xylofon.*

»K-s-ü-l-o-f... weiß nicht, kommt da noch ein f wie bei Löffel?«

Ich grinse, dann lache ich, und mit mir lachen seine Freunde ihn jetzt aus.

»Du Schwein!«, schreit mich Rick plötzlich an und will mich schlagen.

Da hält ihn Alex fest. Und Darwin und Tom helfen Alex.

Ich sage locker: »Hey, beruhig dich, Rick, sonst müssen dich meine Leute härter anpacken. Keiner hat dich dazu gezwungen,

beim Buchstabierwettbewerb mitzumachen.« Rick hat Tränen in den Augen. Ich schaue ihn an. Jetzt muss ich hart bleiben, selbst wenn Nerdine dort oben in der Bibliothek mit Verachtung auf mich hinunterschaut. Ich muss hart bleiben, denn Mobber wie Rick kennen nur diese Sprache – und ich fahre fort: »Entweder beruhigst du dich oder du kannst dir andere Freunde suchen. Also, wie sieht es aus? Gibst du mir nun wieder die Hand oder nicht?«

Alex, Darwin und Tom deute ich an, dass sie ihn loslassen sollen. Das imponiert ihnen. Ohne Schutzschild stehe ich vor Rick mitten auf dem Schulhof. Jeder kann meinen Mut sehen. Wenn er mir jetzt die Hand gibt, gehört er mir.

Und er tut es.

Ich drücke fest zu.

Nach einem Augenblick des vollkommenen Triumphs fahre ich mit meinem Plan für die nächste Stunde fort: »Gut. Dann erzähle ich euch mal, was ich für die Stöckelschuh-Rita-Ranzig vorbereitet habe. Hört mir jetzt genau zu, denn die ganze Klasse muss mitspielen …«

Kapitel 38

Mit Trööööt und einem Trick gegen Rita Ranzig

In der dritten Stunde haben wir Deutsch. Wie nicht anders zu erwarten, trägt Frau Ranzig einen Kasten aus Holz unterm Arm.

Er ist so groß wie der Karton in meinem Spind. Darauf stehen die Initialen *JWvG* – genau wie auf meinem Karton. Ratet mal, was *JWvG* bedeutet? Denkt nach! Die Antwort kommt in ein paar Zeilen. Frau Ranzig schaut sich neugierig in der Klasse um. Es ist ruhig. Verdächtig ruhig. Aber sie ahnt nichts von meinem Plan und öffnet arglos den Kasten und hebt das *Johann Wolfgang von Goethe*-Barometer (JWvG-Barometer) heraus. Dann hält sie es hoch. Jeder Schüler soll diesen Schatz betrachten können.

»Das ist eines jener wenigen, noch erhaltenen Exemplare aus Goethes Zeit, eine Rarität. So etwas bekommt ihr sonst nur im Museum zu sehen. Ihr erkennt an der leicht gelblichen Farbe des Glases, wie alt das Barometer ist. In Kaufhäusern und Fachgeschäften findet ihr lediglich billige Nachbildungen aus China. Ich möchte euch nun«, dabei richtet sich ihr Blick auf die Cityzicken, »das Barometer und seine Funktion erläutern.«

Alex schaut zu mir und hebt seinen Daumen, Calvin stupst mich in die Seite und lächelt mich wissend an, sogar Popler Patrick steckt vor Aufregung seinen Finger tiefer ins Nasenloch. Die Ranzig fährt mit ihrem Vortrag fort: »Ich fülle das destillierte Wasser in das bauchige Glasgefäß. Nun können wir genau hier den Luftdruck abmessen. Wenn der Flüssigkeitsspiegel hochsteigt, ist der Luftdruck niedrig, fällt er, so ist der Luftdruck hoch. Mithilfe dieser simplen Messmethode glaubten die Menschen im 18. Jahrhundert das Wetter vorhersagen zu können, denn bei niedrigem Luftdruck …«

Von außen dringt Lärm in die Klasse.

TRÖÖÖÖÖT! TRÖÖÖÖÖT! TRÖÖÖÖÖT!

»Was ist das für ein Krach?« Frau Ranzig hält die Störung für »unerhört«.

Die Klassentür fliegt auf. RUUUMMMMSSS! Und TRÖÖÖÖTTT!!! Der Lärm ist ohrenbetäubend. Es handelt sich um eine klassische Fußballfantröte, wie ihr sie aus dem Stadion kennt. Es ist Darwin, der sie dort draußen mit übergezogener Kapuze bedient. Gott sei dank hat er nicht wieder seine schwarzen Klamotten an, sonst würde ihn die Ranzig ja sofort entlarven. Sie schreit dem Eindringling entgegen: »Was soll das? Wer ist das?«

TRÖÖÖÖÖÖÖÖTTTTT!

Frau Ranzig lässt Wasser und Barometer zurück und rennt Darwin hinterher. Ihre hochhackigen Schuhe machen *klock! klock! klock!* Sie kann auf den Dingern sogar rennen. Bewundernswert! TRÖÖÖÖÖÖÖÖTTTTT! Dann krächzt sie schreiend auf dem Flur: »Bleib stehen!«

Sie hat hörbar *klock! klock! klock!* die Verfolgung des Krachmachers TRÖÖÖÖÖÖÖÖTTTTT! TRÖÖÖÖÖÖÖÖTTTTT! TRÖÖÖÖÖÖÖÖTTTTT! aufgenommen.

Ich rufe: »Loooos!«

Sofort springen alle auf und beginnen eine wilde Rauferei. Ich selbst renne zum Lehrerpult und tausche Frau Ranzigs Goethe-

Barometer gegen meines aus dem Kaufhaus aus. Gerade als sie zurückkehrt, streite ich mich absichtlich heftig mit Alex, ziehe ihm sein ohnehin schon abstehendes Ohr noch länger. Er schreit mich an: »Hey, bist du bescheuert? Das tut ja wirklich weh!!!« Ich werfe mein Barometer klirrend zu Boden. KLIRRRRR! Rita Ranzig sieht das, glaubt, es sei ihr Barometer, und bleibt entsetzt im Türrahmen stehen.

»Was hast du gemacht, Nerd!?«

Kein Tröt mehr, kein Klock mehr, nur noch Rita Ranzigs schmerzverzerrtes Gesicht. Sie schreit ein »Neeeeeeeiiiiiiin!«, das es durch die ganze Schule hallt. Vermutlich müssen sich noch die Pinguine am Südpol die Ohren zuhalten. »Das wird Konsequenzen haben!«, schreit die Ranzig. »Konsequenzen!«

Sie macht sich *klock! klock! klock!* auf Richtung Direktor, während ich mich mit Rick und Alex abklatsche. Ich sage »geil«, sie sagen »geil«. Ich mag das Wort »geil« nicht, aber ihr könnt im Netz nachlesen, dass viele Jugendliche das Wort »geil«* verwenden, wenn sie eine Handlung oder einen Gegenstand als besonders gelungen bzw. witzig oder erregend bezeichnen möchten.

*(Damit die Sache mit dem Wort »geil« ein für alle Mal geklärt ist, hier ein paar Notizen dazu: Es kommt von einem indogermanischen Wort, ist also mindestens so alt wie Alt-Elbisch. Damals bedeutete es *heftig, übermütig, ausgelassen, lustig.* Das wäre ja nichts, worüber sich eure Eltern aufregen müssten. Aber dann bezeichneten die Leute im 15. Jahrhundert mit »geil« auch die nach oben stehenden Triebe von Bäumen. Und das haben dann wiederum ein paar versaute Kerle mit dem erregten männlichen Geschlechtsteil verglichen. Und so bekam das Wort »geil« seinen sexuellen Unterton. Und deshalb regen sich Eltern bis heute über das Wort »geil« so geil auf. Und deshalb benutze ich es, weil ich weiß, dass Rick und Alex alles geil finden, was ihre Eltern aufregt.)

Jedenfalls hat jetzt Stufe eins meines teuflischen Plans gezündet.

Stufe zwei folgt automatisch, denn wenige Minuten später kommt Frau Ranzig mit Direktor Schmitt zurück. Sie hat sich Verstärkung geholt.

Schmitt will wissen, was geschehen ist.

»Nichts«, sage ich. »Alles in Ordnung. Frau Ranzig kam heute etwas nervös und zu spät in den Unterricht. Also alles wie immer.«

»Ich war nicht zu spät«, sagt Frau Ranzig.

»Doch!«, rufen wir. »Sie kommt immer zu spät!«

Dr. Schmitt und Frau Ranzig sehen sich gegenseitig an, dann schauen sie auf das Lehrerpult, dann auf den Boden.

»Wo sind die Glasscherben?«, fragt Frau Ranzig und schaut dabei in meine Richtung. Sie ahnt, dass ich ihr gerade einen üblen Streich spiele, aber sie versteht meinen Trick nicht.

Alle gucken unschuldig und erstaunt. Rick sagt: »Welche Scherben, Papa? Wovon redet Frau Ranzig eigentlich?«

»Du sollst mich nicht Papa nennen, Junge. Frau Ranzig hat mir berichtet, dass ihr das Goethe-Barometer zerstört habt.«

Alex ruft: »Was behaupten Sie denn? Das Ding ist doch da in Ihrem Kasten drin. Sie wollten es uns zeigen. Warum tun Sie das nicht?«

Frau Ranzig schaut skeptisch auf Alex.

Dr. Schmitt fragt: »Darf ich?« Und öffnet die Kiste. Und siehe da … »Ist dies Ihr Barometer aus Goethe'scher Zeit?«

Frau Ranzig nimmt es hoch, betrachtet es, hält es gegen das Licht. »Das leicht gelbliche Glas, der Geruch, ja, es …«

»Na, immerhin ist es nicht beschädigt«, wird sie von Ricks

Vater unterbrochen. »Bald sind ja Ferien, Frau Ranzig. Dann können Sie mit Ihren Kolleginnen in der Toskana entspannen. Ich glaube, Sie haben eine kleine Erholung dringend nötig.«

Wenn Superman eine Heldentat vollbringt, kann er sich schlecht feiern lassen. Schließlich ist er in Wirklichkeit Clark Kent und nur ein unbedeutender Reporter. Ich aber bin NERD – **THE DARK NERD!** Sowohl während meiner Heldentaten als auch im *Real Life*. Deshalb lasse ich mich jetzt feiern! Und werde meine Superkräfte fortan nicht mehr nur im Zeichen der Wissenschaft und der Lichtnukleustheorie einsetzen, sondern im Zeichen der Dunkelheit. **THE DARK NERD** hat begriffen, warum sich die Menschen immer hinter den Stärkeren und selten hinter den Schwächeren stellen: Weil sie gewinnen wollen! Das ist das Geheimnis. Wir wollen alle Sieger sein. Deshalb wird der FC Bayern immer mehr Fans haben als der FC Köln. Und ich lache mein fiesestes Lachen, so unecht wie Obst aus Wachs.
Hähähähähähähä!!!!

Okay. Genug böse gewesen. Ich muss mich wieder auf die Piranha-Eier konzentrieren und gehe mit Otto zur Bibliothek.

Kapitel 39

Ein unglaublicher Verdacht

Wenn du mal ein Opfer warst, kannst du als Mobber nur davon profitieren. Deshalb sind Opfer später oft die besten Mobber. Man nennt sie *Mopfer*. Aber das wisst ihr ja sicher schon selbst. In der nächsten großen Pause klopfe ich bei Frau Kastenholz an, wo sich schon Calvin, die Nerdlinge, Popler Patrick und die übrigen Gebeutelten am Losertisch zusammengerottet haben.

»Hallo Nerd!«, ruft mir Calvin schleimig entgegen. Die anderen nicken ebenfalls. Jetzt erst fällt mir auf, dass die Nerdlinge die T-Shirts mit dem *Nerd forever*-Kippbild und den frisch geschlüpften Piranhas drauf tragen. Vor lauter Lehrer-Mobbing hätte ich die Piranha-Eier fast vergessen. Meine Frisur auf dem T-Shirt der Nerdlinge stimmt nicht mehr. Die Haare sind darauf ganz zahm und nicht so wild und ungestüm wie jetzt. Die Super-Gegenteil-Kapseln scheinen nicht nur mein Inneres zu verändern, sondern auch meine äußere Erscheinung.

Ich frage mich, wo Nerdine ist? Sie steht doch unter meinem Schutz. Sie muss sich keine Sorgen mehr machen. Und wo ist die Leinwand mit der Liveübertragung aus dem ausgeplünderten Piranha-Aufzuchtbecken?

Zu viele Fragen für THE DARK NERD. Ich lasse mich erstmal am PC nieder.

»Hast du schon mit Bilbo Beutlin geredet?«

Völlig überraschend spricht mich Frau Kastenholz mit Geisterstimme an. Ihr Gesicht scheint mir heute noch spitzer und blasser als sonst.

»Ja, habe ich.«

»Hat er eine Spur vom Piranha-Eier-Dieb?«

»Er hat.« Sie will mehr wissen, aber ich weiß auch nicht mehr. Das darf ich jedoch nicht zugeben. **THE DARK NERD** hat immer Ahnung, er zeigt keine Schwäche, sonst geht es gleich zurück an den **L**-Tisch.

»Geheim«, sage ich. »Und jetzt würde ich gerne in Ruhe chatten.«

Sie schwebt Richtung Ausleihe.

Bilbo Beutlin hat schon von meinen Taten im Netz gelesen. Denn Alex hat sofort ein Handyfoto gepostet, auf dem Frau Ranzigs entsetztes Gesicht zu sehen ist.

Bilbo schreibt: »Du bist auf keinem guten Weg, mein Freund.«

»Wieso?«

»Weil die dunkle Seite der Macht von dir Besitz ergreift. Das ist mir, dem großen Bilbo Beutlin, einst auch widerfahren. Du musst den Kampf gegen das Böse gewinnen – und zurückkehren auf die helle Seite der Macht.«

»Wenn ich mich nett verhalte, werde ich fertiggemacht. Verstehst du? Das ist ein Gesetz.«

»Deine Lehrerin Rita Ranzig hat dir jedenfalls nichts getan. Sie macht bloß ihre Arbeit, wie auch die Lehrer hier im Auenland unsere jungen Hobbits die Gesetze der Natur und das Lesen und Schreiben lehren. Solchen Menschen solltest du mit Respekt begegnen.«

Ich habe keine Lust, mir etwas über Lehrer anzuhören. »Okay, Bilbo, wie sieht es mit den Videos vom Piranha-Eier-Dieb aus? Haben dich die Spuren auf dem Apple weitergebracht?«

»Ich weiß, wer die Videos gestohlen hat.«

»Wer?«

»Bist du alleine?«

»Soweit das im Internet geht. Also, wer war es?«

»Frau Kastenholz. Sie hatte von ihrem PC Zugriff auf die Cam-Aufnahmen vor der Hausmeisterloge.«

»Nein, nicht Elisabeth Kastenholz.«

»Sie scheint auch von der dunklen Seite der Macht beherrscht. Auf eurer Schule liegt ein finsterer Zauber, der aus dem dunklen Land Mordor zu euch hinüberweht. Hüte dich davor.«

»So ein Blödsinn. Was redest du da?«

»Habe ich dir je Quatsch berichtet? Hab ich dich je betrogen oder war ich dir nicht stets ein ehrlicher Gegner beim Elbenscrabble?«

»Das ist doch alles Quatsch, das ganze Elbisch und der Kram. Kein Mensch redet mehr Elbisch und das weißt du. Du bist in der falschen Welt. Du sitzt irgendwo in Neuseeland, wo der Film gedreht wurde. Es gibt kein Auenland, keine Mittelerde. Und du heißt nicht Bilbo Beutlin, sondern Mark oder sonst wie …«

»Nicht Elbisch, sondern Hochmittelelbisch.«

»Das zählt jedenfalls alles nichts. Vor Jungen wie Rick hat keiner Respekt, weil sie Weisheit oder Ehrlichkeit besitzen, sondern weil sie böse sind und Macht haben.«

»Wenn du dies sagst, so sage ich dir, und ich schreibe es in Hochmittelelbisch, damit es sich dir besser einprägt: [illegible] *(Hüte dich vor der dunklen Seite der Macht!)* [illegible] *(Und verwechsle niemals Respekt mit Angst.)*

Ich höre ein Schnippen, als würde sich jemand melden. Ich klicke Bilbo sofort weg. Hinter mir steht Calvin. Tatsächlich, er schnippt und tritt auf mich zu. »Darf ich dich mal etwas fragen?«

»Nein«, sage ich. »Du darfst etwas ganz Anderes: Du darfst mir all deine Super-Gegenteil-Kapseln geben.«

»Die brauche ich selbst.«

»Bist du mein Freund oder willst du Ärger mit meinen Freunden Rick und Alex?«

Calvin schüttelt den Kopf. Nein, Ärger will er nicht mit mir. Er hat Respekt. Deshalb greift er in seine Hosentasche und zieht daraus die Dose mit den Kapseln, von denen ich sofort zwei einnehme.

»Die ist ja fast leer. Ich brauche mehr davon«, sage ich.

»Gibt es nicht. Ich ...«

»*Gibt es nicht* akzeptier ich nicht. Und jetzt geh und hol mir mehr von den Kapseln.«

Als er sich umdreht, schubse ich ihn ein wenig von hinten, sodass er über Otto fällt, der direkt hinter ihm gestanden hat.

Naja, das war jetzt unnötig und superfies. Aber gebt es zu. Ihr hättet auch gelacht, wie Calvin jetzt abfliegt und gegen einen

Bücherwagen fällt, der gegen ein Bücherregal rollt, das erst langsam hin und her schaukelt und dann gegen das nächste kippt und … ach Blödsinn. Soweit kommt es leider nicht. Calvin fällt einfach hin und die Opfer am **L**-Tisch lachen ihn aus.

Aber wo ist Nerdine?

Ich schaue auf meine 80 Millionen Freunde in Facebook und schicke Nerdine eine Freundschaftsanfrage. Die Antwort kommt prompt. Sie hat mich hinzugefügt. Damit hätte ich nicht wirklich gerechnet.

Ich frage sie: »Warum bist du nicht in der Bibliothek?«

»Es gibt Wichtigeres zu tun.«

»Was?«

»Das kann ich dir nicht sagen. Aber ich kann dir sagen, wem du vertrauen solltest.«

»Wem?«

»Deinen wahren Freunden.«

Der grüne Punkt neben ihrem Namen ist fort. Sie hat sich ausgeloggt. Was hat sie mir damit sagen wollen? Etwa, dass ich auf Bilbo Beutlin hören soll? Woher soll sie wissen, was er und ich eben gechattet haben? So ein Quatsch!

Frau Kastenholz sitzt an der Ausleihe. Sie soll die Aufnahmen vom Piranha-Diebstahl gestohlen haben? Bilbo ist durchgedreht. Zu viele Jahre im Auenland, das geht an keinem spurlos vorbei. Sie hat kein Motiv. Eine zierliche Frau wie sie, die keinem Schaden zufügt, die Opfern Schutz bietet? Wie sie so dasitzt und mit ihren kleinen Händen den klobigen Scanner hält, wirkt sie selbst noch fast wie ein Mädchen. Ihre Hände sind … Kinderhände! Ein Verdacht steigt in mir auf und ich gehe zu ihr. »Können Sie mir bitte einen Stift leihen, Frau Kastenholz. Ich müsste mir etwas notieren.«

Als sie ihn mir über die Theke reicht, sehe ich das winzige Muttermal zwischen Daumen und Zeigefinger. Tatsächlich. Ich ziehe das Handy vom Pizzaboten aus der Hosentasche und tue so, als ob ich etwas vom Display ablesen und aufschreiben möchte. Dabei fixiere ich in Wirklichkeit mit der Kamera ihre rechte Hand und drücke heimlich auf den Auslöser. Es macht leise *rrrrrrtschhh* und …

»Hast du gerade fotografiert?«

Ich schüttele den Kopf.

»Warum hast du meine Hand fotografiert?«

»Habe ich nicht«, lüge ich, aber ich kann schlecht lügen. Sogar als **THE DARK NERD** gelingt es mir nicht.

Frau Kastenholz rückt sich ihr Namensschild zurecht. »Gib mir bitte mal dein Handy.«

»Ist nicht meins.«

»Gib es mir.«

»Nein«, sage ich. »Ich muss weg«, und gehe schnurstracks aus der Bibliothek.

Kapitel 40

»Von wem ist die Hand?«

Gerade rechtzeitig, um auf dem Flur Hausmeister Bissig in die Arme zu laufen.

»Na, wen haben wir denn da? Unseren Nerd.« Er deutet mit erhobenem Zeigefinger auf mich, als wolle er mich abschießen. »Ich krieg dich. Garantiert.«

»Ich habe den Dieb«, sage ich.

»Ich auch«, entgegnet er und versperrt mir mit seinem Rollstuhl den Flur. »Nämlich dich!«

Ich zeige ihm das Handyfoto. »Könnte es sein, dass dies die Hand des Diebes ist? Muttermal und Handform stimmen überein. Eine Kinderhand …«, sage ich und grinse.

»Woher hast du das? Von wem ist die Hand?«

Ich schweige. Nicht, weil ich Elisabeth Kastenholz schützen will, sondern weil ich schlichtweg keine Lust habe, es Rudolf Aldidas Bissig und diesem dämlichen Direktor Dr. Schmitt zu sagen. Ich mag die beiden nicht. Bissig schaut intensiv auf das Handyfoto. Sicherlich fragt er sich, wo ich das Foto aufgenommen habe. Seine Stirn liegt in Falten.

»Okay, genug geguckt«, sage ich und gehe an ihm vorbei.

Er dreht sich erstaunlich schnell mit seinem Rollstuhl und fährt mir hinterher. »Bleib stehen!«

Nein, das bleibe ich nicht. Ich erreiche die Treppe. Hier auf den Stufen kann er mich mit seinem Rollstuhl nicht verfolgen. **THE DARK NERD** hat ihn ausgetrickst. Da steht Bissig auf! Er rennt sofort hinter mir die Treppe runter.

»Gib mir das Handy!«

Niemals! Ich laufe. Die Stufen fliegen nur so unter mir weg. Meine Beine wirbeln. Bissig ist schnell. Ich kann seinen Atem spüren. Da fasst er mich an der Schulter, reißt mich zurück, ich falle, er fällt, es geht noch ein paar Stufen abwärts, dann fällt er auf mich. AUA! AUA! AUA! Ich komme mir vor wie der neue ultradünne Flatscreen von Samsung. Platter geht nicht. Falls er nicht in den nächsten drei Sekunden aufsteht, ist es aus mit **THE DARK NERD**. Da rollt er von mir runter.

»Wo ist das Handy?«

Das wüsste ich auch gerne. Seine Augen suchen danach, meine Augen suchen danach.

»HALLO!« Das ist Frau Rita Ranzigs krächzend hysterische Stimme. Bissig und ich stehen auf und schauen im Treppenhaus nach unten – hinunter ins Erdgeschoss. Dort steht unsere Deutschlehrerin und neben ihr liegen nur noch Handysplitter.

Wieder hocke ich bei Direktor Schmitt im Büro, wieder sind die Rollos heruntergelassen, wieder scheint mir Schmitts Schreibtischlampe ins Gesicht, aber ich sage nicht, wem die Piranha-Eier-Diebeshand gehört! »Ich kann mich aufgrund des Sturzes von der Treppe nicht mehr daran erinnern.«

»Du bist ein Lügner.« Ich schweige. »Und bösartig obendrein.« Schmitt ist hilflos. »Wie konntest du meinen Rick nur dazu verleiten, sich für den Buchstabierwettbewerb aufstellen zu lassen?« Der Direktor kommt um seinen Schreibtisch herum und beugt sich dicht an mein Ohr, sodass Bissig nicht hören kann, was er mir nun zuflüstert: »Es macht dir Spaß, meinen Sohn und mich zu demütigen. Stimmt's?« Sein Blick fällt auf den Buchstabier-Sieger-Pokal. Und laut sagt er: »Ein Nerd wie du sollte seinen Verstand nicht vergeuden und ihn nur dazu nutzen, seine Mitschüler zu schikanieren.« Dann macht er eine unendlich lange Pause, knipst die Lampe aus und lässt das Rollo wieder hoch. »Du kannst gehen, Nerd.«

Bissig ist erstaunt: »Aber wir können ihn doch nicht einfach …«

»… nichts aber. Lassen Sie ihn. Ich kann ihm nicht mehr helfen. Ich will es auch nicht mehr. Ich hoffe, er findet jemanden, der ihn mag und ihn zur Vernunft bringt. Eines solltest du allerdings wissen, Nerd. Falls du dich doch noch einmal dazu entschließt, wieder zu uns zu finden und dich in die Gemeinschaft der Schule einzureihen, so steht dir meine und auch die Tür unseres Hausmeisters offen.« Dabei schaut er Bissig eindringlich an, der sofort beteuert: »Natürlich, Herr Direktor. Schließlich kriegt jeder von uns eine zweite Chance. So steht es ja in der Schulvereinbarung.«

Vor der Tür wartet ausgerechnet Rick.

»Was machst du denn hier?«, frage ich ihn.

»Ich muss zu meinem Vater, übernächste Woche ist doch der Buchstabierwettbewerb.«

Ein bisschen leid tut er mir schon, aber es klingelt zur Pause und ich gehe weiter.

»Hey, Nerd.« Es ist Patrizia, die aus dem Strom der Schüler auf ihrem Weg zum Schulhof heraustritt. Ihre Zicken stehen rechts und links von ihr. »Ich habe gehört, du hast mit Gino ein Abkommen.«

»Wer ist Gino?«

»Tu nicht so. Er fährt dich zur Schule und holt dich ab.«

»Woher weißt du das?«

»Mein Vater hat bemerkt, dass der Roller mehr Kilometer am Tag fährt, als er fahren dürfte.«

»Und?«

»Nichts und. Ich finde es gut.« Sie hält das rosa Handy mit dem silbernen Kettchen und den Herzchen daran in

der Hand. Das war doch Ricks Schatz. Hat sie es sich von ihm zurückgeholt?

»Was ist mit Rick?«, frage ich.

»Ach, Rick, der … keine Ahnung.« Sie redet über ihn, als würde sie ihn nicht kennen. »Rick musste eben früher raus aus Mathe. Sein Vater hat ihn zu sich gerufen. Der hat echt ein Problem wegen dem Buchstabierwettbewerb.«

Die Schüler rennen, hüpfen, gehen an uns vorbei. Ich weiß nicht, was ich eigentlich mit Patrizia reden soll. Eine ihrer Zicken flüstert mir ins Ohr. »Lade sie doch auf ein Eis ein.«

»Soll das ein Witz sein?«, flüstere ich zurück.

»Patrizia mag Sieger wie dich. Frag sie. Rick ist aus dem Rennen.«

Wie fies diese Mädchen sein können. Ich frage mich, ob ich Patrizia wirklich möchte. Aber scheinbar gehört es dazu, wenn du ein Mobber bist, dass du Mädchen wie Patrizia zur Freundin hast. Doch als ich sie frage, ob sie nach der Schule mit mir ein Eis essen gehen will, sagt sie eiskugelkalt: »Heute nicht. Vielleicht übernächste Woche nach dem Buchstabierwettbewerb. Oder fährst du gleich weg in Ferien?«

»Nein«, sage ich und gebe mich möglichst coooool, obwohl ich wütend bin: »Also dann. Du kannst mich ja nach dem Wettbewerb anrufen.«

»Ich habe doch gar nicht deine Nummer.«

Ich schaue auf ihr Handy, denn ich habe eine Idee. »Gib es mir.«

Sie reicht es mir und ich stecke es einfach ein. »Nun weißt du ja, welche Nummer du wählen musst, wenn du mich erreichen willst.«

Mit leicht schräg angewinkeltem Kopf und einem abfälligen »phhhh« auf den Lippen, sagt sie »Vielleicht«, und Pizza-Prinzessin Patrizia sowie ihre Hofdamen verschwinden im Strom meiner Mitschüler. Was für eine blöde Zicke.

Ich habe keine Zeit, weiter über das Date nachzudenken, denn Otto kläfft mich an. Wo war er eigentlich die ganze Zeit? Wie zur Antwort sehe ich schon Alex, Tom und Darwin.

»Hallöle, was durften wir denn da sehen. Du und Patrizia. Wenn das nicht das neue Traumpaar der Klasse ist«, sagt Darwin spöttisch. Er trägt ein *Nerd Forever*-T-Shirt. Ist das schneckenschleimig. »Komm mit, wir spielen Fußball.«

Arm in Arm gehen wir über die gesamte Flurbreite den anderen hinterher und schubsen und drängeln die vor uns laufenden Schüler. Otto kläfft sich vor Schadenfreude die Seele aus dem Leib. Schon komisch, wenn du einen Hund hast, den nicht jeder sehen kann. Vor allem für Otto, denn er weiß nie, wann wieder einer über ihn stolpert.

Kapitel 41

Alle lieben mich!

Die kommenden Tage sind großartig. Ich nehme morgens zwei Super-Gegenteil-Kapseln und fühle mich gut, habe das rosa Patrizia-Handy, verbringe die Pausen nicht mehr in der stickigen Bibliothek, sondern draußen auf dem Hof, wo die Mädchen *Nerd*-Seilchen springen und rhythmisch aufsagen:

Zeig – mir – das – Schwert –
von – Obi – Wan – ke – Nobi –
und – ich – zeig – dir – das – Schwert –
von – THE – DARK – NERD.

Damit sich *Nerd* auf *Schwert* reimt, müsst ihr meinen Namen übrigens *Nehrt* aussprechen. Kapiert? Einige meiner unterwürfigsten Mitschüler tragen wie Darwin und Alex das *Nerd Forever*-Shirt (es gibt dafür jetzt übrigens keinen IQ-Mindestwert mehr, sonst hätten sie es ja nicht gekriegt), und die Nerdlinge denken

über ein schwarzes Kaugummi namens *NerdGum* nach, das ich auf dem Netz bewerben soll und dafür fünfzehn Prozent vom Gewinn abkriege. (Falls ihr noch nicht wisst, was fünfzehn Prozent sind, dann zerschneidet das Klassenbuch in zwanzig gleich große Teile und nehmt euch drei davon. Dann habt ihr fünfzehn Prozent vom Klassenbuch und jede Menge Ärger.)

Alle lieben mich also. Nur Nerdine würdigt mich keines Blickes. Ich schaue zu ihr hinauf in den dritten Stock, wo sie am Fenster steht und zu uns heruntersieht. Sie guckt mich nicht an, sondern an mir vorbei, und wenn ich in der Pause auf sie zugehe, schaut sie durch mich hindurch.

Daheim läuft alles großartig: Mama und Papa sind glücklich, dass ich keine Kleider mehr trage, und Sarah ist kusch. Sogar die Definition von Fußball hat sich geändert. Fußball ist jetzt, wenn ein Nerd (ich) die Mannschaft wählt und am Ende das

entscheidende Tor schießt. Rick spielt auch mit, nicht im Sturm, nicht im Mittelfeld und nicht in der Verteidigung, sondern im Tor des Gegners, weil er im Tor ein **Loser** ist.

Manchmal tut er mir sogar ein bisschen leid. Schließlich muss er jede freie Minute mit seinem Vater lernen und ist mir gegenüber unterwürfig wie ein Wurm. Und fragt auch noch ausgerechnet mich, ob ich mit ihm Buchstabieren übe. Na klar tue ich das. So treffen wir uns in der Freistunde nach dem Mittagessen in der leeren Mensa. Das Essen ist abgeräumt, die Spülmaschine spült alleine vor sich hin, nur Alex, Tom, Darwin, ich und natürlich Rick sitzen vor einem blank polierten Tisch. Wir auf der einen Seite, Rick auf der anderen.

»Lass mal gucken, was für eine Wortliste mir Darwin heute für dich ausgesucht hat«, sage ich. Darwin überreicht mir die Liste. »Das wird schwer, ganz schwer, mein lieber Rick.«

Der ist nervös und hat sich vor lauter Aufregung am Hals wund gescheuert. Selbst unsere Testdurchläufe hier in der Kantine bereiten ihm extremes Lampenfieber. Er wird nächste Woche so was von versagen. »Also beginnen wir mit einem ganz einfachen Wort.« Ich nenne ihm das Wort und er überlegt. Wenn er nervös wird beim Buchstabieren, dann lutscht er an seinem Zeigefinger. Jetzt lutscht er und buchstabiert: »L – A – I – S – E.«

»Nein, das ist nicht die richtige Schreibweise von G-e-w-ü-r-z-m-ü-h-l-e«, sage ich. »Leider ganz falsch, Rick.« Ihr merkt, er hört nicht einmal richtig zu, welches Wort er buchstabieren soll, so durch den Wind ist er. Wir haben daher jeden Tag einen Riesenspaß mit ihm. Dann aber geschieht etwas Unvorhergesehenes. Ihr kennt solche Situationen aus unzähligen Geschichten. Du denkst, jemand wie Nerd sei für immer und ewig **THE DARK NERD** und plötzlich …

Kapitel 42

Die Jagd nach der Super-Kapsel!

Als ich in der Nacht mit Alex chatte und Otto zu meinen Füßen döst, piept und blinkt mein Tagesplaner. Er erinnert mich daran, dass heute Nacht Sommersonnenwende ist, die Nacht vom 20. auf den 21. Juni. In dieser Nacht nahm Bilbo die Prophezeiung von Elbenkönig Elrond entgegen. Jedes Jahr feiert Bilbo mit mir diese Nacht, von der an die Tage des bösen Drachen Smaug gezählt waren.

Einsam piept mein Terminplaner. Bilbo Beutlin meldet sich nicht mehr. Dafür lese ich jedoch das schleimige Gerede von Alex auf meinem Bildschirm: »Du kannst dir gar nicht vorstellen, was mir Rick eben geschrieben hat. Sein Vater hat ihn angeschrien. Er will ihn enterben, falls er beim Buchstabieren nicht gewinnt. Jetzt liest Rick sogar schon in der Nacht Bücher, damit er sich die Schreibweise der Worte einprägt. Heute hat er auch noch eine Brille verpasst bekommen. Die taube

Nuss glaubt mit einer Nerd-Brille ein Nerd-Hirn zu kriegen. Aber dazu müsste Höhöhö!-Rick sich um 180 Grad drehen und das genaue Gegenteil von dem werden, was er immer schon war.«

Calvin ist jetzt superfies zu Rick. Er ist ein wahrer Schleimer, der sich immer der Macht fügt. Mobber sind schon schlimm, aber Typen wie Calvin sind schlimmer. Die Dose mit den restlichen kryptonischen Super-Gegenteil-Kapseln liegt neben mir. Sie ist fast leer. Ich schreibe Calvin: »Brauche neue Kapseln.«

Der antwortet trotz der späten Uhrzeit prompt: »Ich habe jetzt endgültig keine mehr. Und es gibt auch keine mehr.«

»Kann nicht sein.«

»Sie waren im *Superman*-Heft Nr. 27 im vergangenen Jahrgang als Gimmick eingeschweißt. Ich habe kein Heft mehr und ich kenne niemanden, der noch ein solches Heft hat.«

Ich schaue bei eBay rein. Aber Nr. 27 scheint eine absolute Rarität zu sein. Jedenfalls gibt es nur noch zwei Stück, und zwar für satte 298 bzw. 250 Euro. Und daneben steht jeweils der Vermerk: – nur lieferbar ohne kryptonische Kapseln.

Wenn ich wüsste, woraus sie bestehen, könnte ich sie selber herstellen. Ich tippe also *Johann-Wolfgang-von-Goethe-Schule* ein und klicke mich in die Schülerzeitung. Da ist das Foto von Nerdine mit

Laborbrille – *analysiert jede Substanz*. Sie könnte mir helfen.Im Artikel steht, wie sie gerade künstliches Vitamin C hergestellt hat. Während ich so ihr Bild betrachte, muss ich an sie denken. Sie hat zwei kleine Grübchen, rechts und links von ihren Mundwinkeln. Und auf ihrer Nase hat sie einen kleinen Sattel aus Sommersprossen. Auf dem Foto ist sie richtig süß. Ich würde sie gerne treffen. Online ist sie aber nicht. Es ist ja auch schon 2:34 Uhr. Bestimmt schläft sie.

Ich muss die Kapseln also selbst analysieren, am besten noch heute Nacht. Schließlich bin ich ein Nerd. Und auch **THE DARK NERD** hat nichts von seinem Verstand eingebüßt. Für mein Vorhaben bräuchte ich jede Menge chemische Substanzen. Aber nennt mir einen Ort, wo es die gibt? Denk nach, Nerd! Wo kriegst du sie her? Am besten wäre ein ganzes Labor.

4.17 Uhr. Pizzabote Gino wartet mit laufendem Motor. Ich will Otto mitnehmen, doch der ist hundemüde und pieselt schon im Flur schlaftrunken an Sarahs Tür. Ich öffne sie, er verschwindet in Sarahs Zimmer. Ich rase mit Gino durch die laue Sommernacht. Kaum Autos sind unterwegs. Die Stadt schläft. Punkt 4.30 Uhr öffnet Gino mit seiner Chipkarte das Rolltor zur Tiefgarage. Kein Lehrerauto weit und breit. Um die Uhrzeit könnte höchs-

tens das Batmobil hier parken. Ich springe aus der Transportkiste und streife Handschuhe über. Nur keine Fingerabdrücke hinterlassen! Gino knattert davon, ich steige in den Aufzug. Das Chemielabor liegt im Erdgeschoss. Es ist dunkel. Ich habe bereits daheim das Sicherheitssystem der Schule entschärft, ich muss also nur noch in der Hausmeisterloge den Schlüssel für die Tür zum Chemielabor besorgen und laufe über den Schulhof.

Brennt da Licht im dritten Stock? Die Bibliothekarin muss es vergessen haben. Doch was macht der Schatten da oben? Das ist nicht Elisabeth Kastenholz, das ist …

Ich schleiche zurück ins Hauptgebäude und vorsichtig die Stufen hinauf. Die Bibliothekstür ist nicht verschlossen. Und die Tür zum Raum hinter der Ausleihe steht einen Spalt weit offen. Ich höre Dr. Bauklo: »Es ist soweit. Da ist der erste. Sehen Sie sich das an.« Was macht er hier um 4.38 Uhr? Dann höre ich die Stimme von Elisabeth Kastenholz: »Das ist wunderschön. Zu, zu schön ist das. Stimmt, oder?«

Ich drücke die Tür ein wenig auf. *Quieeetsch!!!!!!* Das ist laut, extrem laut. Verdammt extrem laut!!!!

»Wer da?!«, ruft Dr. Bauklo.

Weglaufen ist sinnlos. Bis zur Eingangstür ist es zu weit. Nur die Flucht nach vorn bleibt mir. Ich drücke die Tür mit einem Ruck auf und bin erstaunt: »Nerdine! Du hier?«

Sie schaut mich erschrocken an.

Dr. Bauklo meint ganz ruhig: »Komm näher, Nerd. Schau mal.«

Zwischen all den Regalen und Bücherstapeln steht ein kleines Aquarium. Und was ich darin sehe, ist wirklich schön. Winzige Piranhas schlüpfen aus ihren Eiern. *Pling, Pling, Pling*. Ja, ich weiß, es geht natürlich geräuschlos unter Wasser zu, aber ein *Pling* macht die Sache lebendiger. Stellt euch vor, Luke Skywalker schießt mit seinen Laserkanonen die fiesen Raumschiffe von Darth Vader ab und im Kino würdet ihr keine Geräusche dabei hören, weil es im luftleeren Raum des Weltalls ja auch keine Geräusche gibt. Stellt euch das vor! Dann wäre *Star Wars* am Ende fast ein Stummfilm. Wie wäre das? Langweilig! Und deshalb macht es bei den Laserschwert- und Raumschiffkämpfen zwischen Luke und Darth immer *ZISCH! ZISCH!* und diese Eier

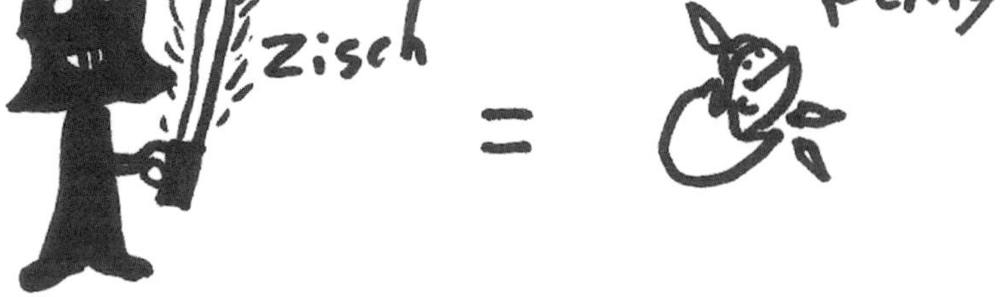

machen jetzt *Pling Pling*. Hunderte winzige Fischchen kämpfen sich mit ihren rasiermesserscharfen Zähnchen aus der Schale ins Leben. *Pling Pling Pling* und so weiter …

»Hier sind also die Eier«, sage ich. Mein Blick wandert zu Frau Kastenholz, denn ich muss an Bilbo Beutlins Worte denken und meinen Fotobeweis. »Haben Sie die Eier gestohlen?« Am liebsten würde ich sie noch fragen, warum sie mich in die ganze Geschichte mit hineingezogen hat. Aber dazu komme ich nicht, denn Dr. Bauklo antwortet schon für Frau Kastenholz und hält dabei ihre Hand fest: »Ja, sie hat es für mich getan.« Die beiden schauen sich verliebt an, und sie erklärt: »Denn er liebt Piranhas und es wird nichts Schöneres für ihn geben, als wenigstens einige von ihnen großziehen zu dürfen.«

»Und du, Elisabeth, hast dich nicht getraut, mir von deinem Fischzug in Bissigs Loge zu erzählen.«

»Du nennst mich Elisabeth, Dr. Bauklo?«

Er nickt. »Nenn mich nicht mehr Bauklo, Elisabeth.«

»Ja, Rudolf.«

Dann drückt Dr. Rudolf Bauklo der jetzt puterroten Elisabeth Kastenholz einen Kuss auf die schmalen Lippen, und sie knutschen, was für einen Kerl wie **THE DARK NERD** echt ein bisschen ekelig ist. Wenn du in Objektiv C programmierst, gibt es am Ende einer Anweisung immer ein Semikolon (;). Das scheint bei solchen Szenen der Kuss zu sein. Dann weiß man, jetzt ist die Szene zu Ende.

Aber nicht hier, denn ich will von Nerdine wissen, was sie mit der ganzen Sache zu tun hat.

Sie sagt: »Bilbo Beutlin hat mir seinen

Verdacht bezüglich Frau Kastenholz erzählt und dem bin ich nachgegangen ...«

»Wieso Bilbo? Jetzt verstehe ich überhaupt nichts mehr.«

»Du hattest mir von ihm erzählt. Ich habe Kontakt mit ihm aufgenommen. Ich mag Elbenscrabble und du bist ja völlig durchgedreht. Du führst dich auf wie ein Idiot. Einer von diesen elenden Mobbern, die nichts anderes im Sinn haben, als die Leute fertigzumachen. Du und dein Dark Nerd. Was für ein gequirlter Mist.«

Dr. Bauklo und Frau Kastenholz stehen händchenhaltend vor dem Piranha-Aquarium und schauen erstaunt zu Nerdine hinüber. Ich habe sie auch noch nie so aufgebracht und verzweifelt gesehen. »Und so jemanden wie dich fand ich toll! So einen ... geh doch zu deiner Patrizia ...«

»Das ist nicht meine ...« Ich merke, dass jedes weitere Wort falsch ist. Sie hat Tränen in den Augen. Sie sammeln sich hinter ihrer Brille in diesen blauen wunderschönen Augen, die nun traurig aussehen. Und ich bin schuld daran. Ich weiß nicht, was ich sagen soll. Warum habe ich das alles nur getan. Ich sage: »Es tut mir leid.«

Die Tränen laufen über ihre Wangen. »Du Idiot«, sagt sie noch einmal, dann nimmt sie die Hände vors Gesicht und heult.

Ich bin starr. Mein Puls rast, mein Herz zerspringt. Meine Beine sind weich. Gleich werde ich einfach wegknicken, einfach umfallen. Aber ich mache einen Schritt auf Nerdine zu und sage: »Es tut mir unendlich leid, was ich getan hab. Das wollte ich alles nicht.« Nerdine öffnet ihre Hände und setzt ihre Brille ab. Dann fragt sie mich: »Ehrlich?«

Ich nicke und sie wischt sich die Tränen aus dem Gesicht, streicht ihr Haar mit der Rechten nach hinten und schaut mich groß an … Was kommt jetzt? … Ich weiß es nicht. Ich weiß nur, dass sich unsere Gesichter aufeinander zubewegen, meine Stirn berührt ihre Stirn, und wir geben uns ein Semikolon auf die Lippen. Ich versinke in diesem Kuss, sämtliche Schaltkreise in meinem Körper sind auf ON und **THE DARK NERD** schmilzt. Dann wird es schwarz um mich.

»Nerd! Nerd! Was ist los mit dir?«

Ich liege auf dem Boden. Mein Ellbogen schmerzt.

»Lass mal sehen«, sagt Nerdine, die wieder ganz gefasst ist. Ich muss daran denken, wie ich im Schwimmbad in ihren Armen lag, wie … »Oh Gott, dein Ellbogen ist ja blutig. Haben Sie ein Pflaster, Frau Kastenholz?«

Hat mich gerade eben Nerdine geküsst? War das so? Oder habe ich es nur geträumt?

Nerdine klebt mir das Pflaster auf den Ellbogen.

Ich frage sie: »Haben wir gerade eben …?« Doch ich traue mich nicht die Kuss-Frage auszusprechen.

Nerdine fragt mich stattdessen: »Warum bist du eigentlich hier um diese Uhrzeit?«

»Ich habe fast keine Super-Gegenteil-Kapseln mehr. Und ohne die Kapseln bin ich …«

»Sind das Calvins Kapseln?«

»Ja, er hat sie mir geschenkt.«

»Wozu brauchst du sie?«

»Um das Gegenteil von Nerd zu sein.«

»Und das wäre?«

Ich komme mir blöd vor – und schlucke die Antwort runter. Ich will kein **THE DARK NERD** mehr sein.

»Ich verstehe. Du wolltest also im Chemielabor die Konsistenz der Kapseln analysieren und sie dann selber herstellen.«

Ich nicke.

Sie sagt: »Überlass das mir. Ich werde es für dich tun, wenn du die Piranha-Fischchen in Bissigs Becken zurückbringst. Denn dann ist alles wieder in Ordnung und an seinem Platz.«

»Soll ich das nicht tun?«, fragt Frau Kastenholz. »Schließlich habe ich die Eier auch entwendet.«

Aber das lasse ich nicht zu. Immerhin habe ich einiges in dieser Geschichte wiedergutzumachen.

Kapitel 43

Die süßen Piranhas sind wieder daheim!

Mit einem durchsichtigen Plastikbeutel voller Wasser und winziger Piranhas schleiche ich mich über den Schulhof, während Nerdine Richtung Chemielabor verschwindet. Oben im dritten Stock beobachten mich Dr. Bauklo und Frau Kastenholz. Alles läuft wie geschmiert, nur leider hat der Nerdine/Nerd-Super-Plan einen Fehler. Das Schloss an Bissigs Loge ist repariert und ich

habe keine Erfahrung mit Türmechanik. Ich kann zwar problemlos jeden PC hacken und jeden Alarm ausschalten und, wenn es sein muss, sogar ins Hochsicherheitszentrum von *Apple* eindringen, aber die Tür der Hausmeisterloge krieg ich nicht auf. Ich rappele an der Klinke und schaue durch das Glas, starre auf das

Piranhabecken, in dem die Schatten der Killer zu sehen sind, blicke hinüber zum Brutbecken und …? Was steht denn da hinter dem Schreibtisch? Bissigs Rollstuhl!

»Nerd?« Bissig selbst steht hinter mir.

Ich zucke zusammen. Der Beutel gleitet mir aus der Hand und fällt und fällt. Ich schaue hinterher, hilflos und erstarrt, und kann ihn nicht mehr zurückholen, aber kurz vor dem Boden fängt Bissig ihn auf.

»Was haben wir denn da?«

»Die kleinen Piranhas«, sage ich.

»Und die wolltest du …?« Er schaut hinüber zum Brutbecken in seiner Loge.

»Ja, genau so ist es. Ich habe einen Fehler gemacht und ich …« Weiter komme ich nicht, da nimmt mich Bissig in die Arme. »Oh, Nerd. Du hast mich doch nicht enttäuscht.« Er ist überglücklich und schaut auf seine jungen Fische. »Sieh dir das an, Nerd. Wie sie gegen den Plastikbeutel schwimmen und mit ihren Zähnchen Löcher hineinbeißen wollen. Ist das nicht süß? Erinnere dich daran, wie ihr Papa deinen Handschuh zerbissen hat.«

»Es tut mir leid, was ich getan habe.«

»Das sollte es auch. Aber jetzt müssen wir die Kleinen ins Becken geben, sonst verkühlen sie sich. Jeder bekommt bei uns eine zweite Chance. So steht es in der Schulvereinbarung.«

Dann schließt er die Loge auf. Wir nehmen ein paar Liter aus dem großen Aquarium und befüllen das Brutbecken damit, schließlich geben wir die Piranhas hinein. Zufrieden lässt sich Bissig in seinem Rollstuhl nieder.«Alles ist gut.«

Dann fragt er: »Hilfst du mir? Ich muss die Mülleimer leeren. Ich hatte gestern Abend keine Zeit mehr dazu, und gleich kommt die Müllabfuhr und holt den Container, der ist fast voll.«

Während ich jetzt in der Morgendämmerung mit Bissig den Müll in den Container werfe, muss ich an das Foto auf meinem Schülerausweis denken. Die grünen Punkte, der Apfelkitsch in meinen Haaren. Dabei berühre ich absichtlich das Metall. Müllcontainer, Baujahr 1987, hämatithaltiges Metall, hochallergen. Meine Haut rötet sich ein bisschen, aber sie brennt nicht, und ich bekomme auch keine giftgrünen Punkte. Das muss an den Super-Gegenteil-Kapseln liegen.

Später sitzen Bissig und ich wieder in der Hausmeisterloge. Die Trockenfutterplättchen schweben zu Boden und die jungen Piranhas nagen daran.

»Was fressen die eigentlich sonst noch?«

Bissig vermutet: »Mückenlarven. Ich weiß es aber nicht genau, werde Dr. Bauklo befragen. Ich möchte ihm ohnehin ein paar Piranhajunge schenken ... Dann war es also deine Hand auf dem Handyfoto, das du mir gezeigt hast?«

»Nein.«

»Wie? Du hast nicht die Piranha-Eier gestohlen?«

»Nein. Habe ich nicht.«

Bissig klopft mit dem Finger gegen die Scheibe, die winzigen Piranhas zucken zurück.

»Es war also doch Frau Kastenholz«, sagt er. »Ich habe auf dem

Handyfoto die Schreibtischunterlage in der Bibliothek erkannt. Und sie hat auf den Stein *NERD* geschrieben, da sie glaubte, dass du ohnehin am nächsten Tag auf die Albert-Einstein-Schule wechseln würdest. Ich hatte ihr von Direktor Schmitts Vorhaben erzählt«, kombiniert Bissig. »Aber warum hat sie die Eier gestohlen? Für sich? Das kann ich mir nicht vorstellen.«

Er schaut mich eindringlich an, aber ich werde nichts von Dr. Bauklo und Frau Kastenholz verraten, sondern schaue nur den Piranhas zu, wie sie nun wieder ruhig weiterfressen.

»Okay, Junge, das ist jetzt nicht mehr wichtig. Doch eine Sache noch …« Bissig setzt sich in seinen Rollstuhl. »Was wird aus Rick?«

»Ich weiß nicht.«

»Du solltest ihm helfen.«

»Wie?«

»Na, irgendwie. Schließlich möchte ich ein gutes Wort für dich bei Direktor Dr. Schmitt einlegen. Wegen der Tasche von Mrs Mistpickels und dem Barometer von Frau Ranzig gibt es sonst einen Schulverweis.«

»Aber der Wettbewerb ist schon morgen. Und Buchstabierkönig Viktor Vokabel ist mit dabei. Rick hat keine Chance außer …«

»Was außer …?«

»Ich habe eine Idee. Rick wird es schaffen. Er muss …«

Kapitel 44

Eine Nerdbrille, aber kein Hirn!

Ich laufe in den Chemiesaal. Das Licht des neuen Tages macht alles so hell. Obwohl ich die ganze Nacht nicht geschlafen habe, bin ich hellwach. Die Tür zum Chemiesaal steht offen. Nerdine ist noch da. Sie trägt die Laborbrille. Hübsch sieht sie aus. Vor ihr liegt eine auseinandergebrochene kryptonische Super-Gegenteil-Kapsel. Winzige verschiedenfarbige Kügelchen sind darin. »Ich bin mir noch nicht ganz sicher, woraus sie bestehen. Die Farbigkeit der einzelnen Kügelchen scheint keine Rolle zu spielen. Lass mir noch zwei Tage Zeit, um ein paar Tests durchzuführen. Dann können wir sie selbst herstellen.«

»Ich brauche die Kapseln sofort. Ich muss sie Rick geben, sonst versagt er beim Wettbewerb. Er braucht heute zwei und morgen früh zwei, damit sich der Wirkstoff in ihm anreichern kann. Ein Junge, der das genaue Gegenteil von Rick ist, könnte sogar Worte wie Känguru buchstabieren. Die Kapseln machen aus gut böse, aus dumm schlau und aus Rick sogar ein Buchstabiergenie. Da bin ich mir sicher.«

»Wie viele Kapseln hast du denn noch?«

»Zwei. Aber die brauche …« Ich wollte nun

eigentlich sagen, dass ich sie noch für mich brauche, aber ich schweige.

»Dann gib sie ihm gleich, wenn er zur Schule kommt. Ich werde mich hier im Chemiesaal einschließen und die Kapseln weiter analysieren und neue für ihn herstellen, damit er den Wettbewerb gewinnt. Wir werden es schaffen.«

Ich zögere noch einen Moment, dann schlagen wir ein. Ich frage mich, was aus **THE DARK NERD** ohne die Kapseln werden soll. Als hätte Nerdine meine Gedanken gelesen, sagt sie: »Ertrinken soll the dark nerd. Denn der richtige Nerd wird schwimmen lernen, wenn er helfen kann.«

Ich schaue mich noch einmal um zu ihr, als ich den Chemieraum verlasse. Habe ich dieses Mädchen wirklich geküsst? Oder habe ich mir das nur … BANG! Ich bin gegen den Türrahmen gelaufen. Oh Mann, ist das peinlich! Nerdine hat nichts bemerkt, so vertieft ist sie in ihre Arbeit. Draußen sehe ich auf das Pflaster an meinem Ellbogen. Sie hat es mir aufgeklebt. Ich nehme die letzten beiden Kapseln aus der Box. »Ich werde sie Rick geben.«

Vor der Schule herrscht der allmorgendliche Verkehr. Ein neuer Schultag bricht an. Eine Menge Autos fahren vor. Mütter und Väter haben ihre Kinder auf den Rücksitzen gesichert, während sie die zu Fuß kommenden Schüler über die Straße jagen. Tempo 30. Schülerlotsen haben den Verkehr trotz ihrer orangefarbenen Weste und der Kelle in der Hand nicht im Griff. Alle kommen zur

Schule, nur ich gehe aus der Schule, warte eine Straßenecke weiter und halte Ausschau nach Rick. Er müsste längst da sein.

Nachdem selbst die letzten Zuspätkommer eingetrudelt sind, kommt Rick ums Eck. Es ist 8.25 Uhr. Seine Haare liegen eng an, er trägt eine schwarze Brille. Alex hatte also Recht. Rick muss sogar eine Nerdbrille tragen. Sicherlich war er auch die ganze Nacht wach und Worte wie *Abgasabsauganlage, Chihuahua* und *Handschuhfachschloss* schwirren noch durch seinen Kopf. Und er hat vor seinem Vater keines richtig buchstabieren können!

»Hey, Rick.«

»Nerd?«

»Seit wann trägst du eine Brille?«

»Das Lesen tut meinen Augen nicht gut.«

»Willkommen im Klub.«

»Was willst du von mir, Nerd?«

Ich öffne meine Hand. »Nimm die beiden. Damit wirst du morgen den Wettbewerb überstehen.«

»Die Dinger von Calvin bringen nichts.«

»Der hat sie zu niedrig dosiert. Du musst zwei davon schlucken. Jeden Tag zwei.«

Rick stopft sich die beiden Kapseln in den Mund und trottet weiter. Kein Schülerlotse sichert mehr seinen Weg. Dabei bräuchte er einen Lotsen für jeden Meter, einen Lotsen fürs Leben. Ein Wagen bremst. Der Fahrer ruft: »Mensch, Junge. Fast hätte ich dich überfahren.« Rick reagiert nicht, geht ferngesteuert und willenlos weiter zum Schultor.

Während ich ihm so nachschaue, werde ich skeptisch. Die Super-Gegenteil-Kapseln alleine werden vermutlich nicht ausreichen.

Kapitel 45

Wie man eine Pfuschbrille mit Autokorrektursystem macht!

Daheim begegne ich Sarah mit einem Schälchen Sojamilch-Müsli-Frühstück. Sie kommt gerade aus der Küche. Die Türen von Mama und Papa sind schon wieder fest verschlossen. Ein neuer Arbeitstag im Hause Nerd hat begonnen.

»Wo ist Otto?« Hoffentlich hat sie ihn nicht kaltgemacht, um sich an mir für Pinki Panza zu rächen.

»In meinem Zimmer«, sagt sie nett. Ist das ein Trick? Warum ist sie so nett zu mir? »Ich bringe ihm sein Frühstück.« Sie dreht die Schüssel ein wenig. Jetzt kann ich den Schriftzug darauf erkennen: *Faber Nerd*.

Ja, mein Vorname ist Faber. Ihr habt richtig gelesen. Aber nennt mich ruhig weiter NERD, schließlich nennen mich sogar meine Eltern so. Einzig auf meiner Frühstücksschale steht mein voller Name *Faber Nerd*.

»Du hättest mich wenigstens mal fragen können, ob du ihm mein Schälchen geben darfst«, sage ich.

»Du frühstückst ja nicht mehr mit uns«, entgegnet sie mir und ruft voller Vorfreude: »Wo ist denn mein Otto!«

Wie wir das Zimmer betreten, kommt er sogleich tänzelnd auf sie zugesprungen.

»Hast du noch deine Ersatzbrille?«, frage ich sie.

»Wieso?«, will Sarah wissen.

»Ich brauche sie für einen Freund aus der Schule.«

»Du hast Freunde?«

»Er heißt Rick und …«

Otto schaut bei dem Wort »Rick« neugierig von seinem Müsli zu mir auf.

»Du willst jemandem helfen?«, fragt Sarah noch erstaunter. »Du hast Freunde und du willst jemandem helfen? Das glaub ich nicht.«

»Warum nicht?«

»Weil du noch nie jemandem geholfen hast. Du hast immer nur an dich und deine Forschungen zum Thema Lichtnukleus gedacht. Ich kann mir nicht vorstellen, dass du an jemand anderen denkst als an dich und deinen Nobelpreis.«

»Und du? Du bist doch auch ständig …«

»Ich habe jetzt Otto.« Der schlabbert die Schüssel leer und wedelt dabei mit dem Schwanz.

»Der gehört Rick.«

»Dann gebe ich dir die Brille für ihn und du gibst mir Otto.«

Das ist ein Deal. Otto freut sich darüber, wie ich mit Sarah den Tausch mit einem Handschlag besiegele. Hund gegen Brille!

Ich schaue mir noch einmal den Gadget-Vorschlag *Pfusch-Brille* auf meiner Gadget-Seite an: – eine Pfusch-Brille mit Autokorrektursystem. Du ziehst sie an, und in der Brille spiegeln sich die richtig buchstabierten Worte, sodass du nie wieder in deinem Leben auch nur ein Wort falsch schreiben wirst.

Okay, ganz durchdacht ist das noch nicht von Melissa Sagemann aus München, trotzdem wäre es den Versuch wert. Wie aber bekomme ich nun die Mikrochips in Bügel und Gestell eingebaut? Und wie verwandle ich die Gläser zu einem Gläser-Bildschirm? Ich mache mich an die Arbeit. Stunde um Stunde vergeht. Zwischendurch taucht Papa auf. Er will wissen, warum ich nicht in der Schule bin. Auch Mama kommt vorbei. Sie fragt, ob ich zumindest in die Schule essen gehe. Ich schüttle nur den Kopf. »Keinen Hunger. Ich will arbeiten.«

Um 16.20 Uhr erhalte ich folgende Nachricht von Nerdine: »Habe die Kügelchen analysiert. Werde nun den Wirkstoff nachbauen.« Die Aktion Rick läuft also auf Hochtouren und um 22.17 Uhr gelingt mir der Durchbruch. Um 22.32 Uhr halte ich die erste Buchstabierwettbewerb-Pfusch-Brille in meinen Händen. Sie ist perfekt und per WLAN mit meinem PC verbunden. Die Gläser sind mit einer hauchdünnen Folie präpariert. Ich falle wie ein Stein ins Bett.

Kapitel 46

Schreib's perfekt! – rischtisch oder pfalsch?

Es ist Otto, der mich am nächsten Morgen weckt. Er schleckt mir durchs Gesicht. Watsch! Watsch! Watsch! Das ist so ekelig und schleimig, da muss ich mir eigentlich gar nicht mehr das Gesicht waschen, sondern kann direkt den Ekelschleimtod sterben. Aber die Darth-Vader-Weckkonsole ruft: »Aufstehen! Schule! Los, du mieser kleiner Jedi Ritter! Hast du Angst? Steh auf!« Sogleich zieht Otto seine fleischige Zunge ein und drückt mit der Pfote die Lichtkombination. Und ich frage mich, warum ich Otto noch sehen kann. Bin ich etwa immer noch ein Mobber? **The dark Nerd**?

Wir haben einen uralten VW-Käfer mit zwei kleinen Fenstern in der Heckscheibe. Mama sitzt auf dem Fahrersitz, den sie ganz weit nach vorn geschoben hat, als wolle sie mit der Nase möglichst nah an die Scheibe kommen. Papa hockt daneben und hält sich am Gurt fest. Und ich hocke rechts hinten neben meiner Schwester, auf deren Schoß es sich Otto gemütlich gemacht hat. Wir alle fahren gemeinsam zur Schule. Denn meine Eltern haben eine Einladung von der Schule zum Buchstabierwettbewerb erhalten.

Am Schultor trennen sich jedoch sofort die Wege von meinen Eltern und mir, denn ich muss in meine Klasse. Calvin ist schon da, genauso wie Rick und die übrigen. Schließlich bekommen wir gleich die Zeugnisse. Nur Nerdine fehlt. Wo bleibt sie? Wir brauchen die Kapseln.

»Wie geht's dir?«, frage ich Rick, der auf seinem Stuhl schwitzt.

»Gut. Aber nicht buchstabierwettbewerbgut.«

Das war ein Wort mit 24 Buchstaben. Das ist schon mal ungewöhnlich für ihn. Vielleicht haben ihm die Kapseln von gestern ja schon etwas geholfen. Alex – er sitzt neben Rick auf dem Tisch – merkt Ricks Veränderung überhaupt nicht, er grinst mich nur von der Seite an, als wollte er sagen: »Poh, Rick ist echt ein Versager.«

»Probier mal die Brille«, sage ich zu Rick.

»Aber ich habe schon eine Brille.«

»Deshalb musst du mir ja auch deine geben.«

»Aber ...«

»Glaub es mir, Rick.« Dann flüstere ich ihm das Geheimnis der Pfusch-Brille ins Ohr. »Hast du kapiert, Rick?«

»Soll ich mal ausprobieren?«

»Bloß nicht.« Und wieder flüstere ich: »Der Akku ist noch nicht ganz ausgereift. Er hält nicht lange.«

Nerdine ist immer noch nicht da, als Frau Ranzig mit den Zeugnissen kommt.

»Jeder von euch«, so sagt sie, »wird hoffentlich mit seinen Noten zufrieden sein können. Wir haben bei dem einen oder anderen ein Auge zugedrückt. Aber wir empfinden den Klassenverband als äußerst gut und hoffen, dass sich manche von euch im nächsten Jahr mehr bemühen werden. Bei dir, Nerd, haben wir uns an die Empfehlungen von Professor Pisa gehalten, da du erst einige Wochen bei uns in der Schule bist. Im nächsten Jahr wird dies anders sein, also möchten ich und Direktor Dr. Schmitt, dass du dein Potential konstruktiv abrufst und nicht mehr negativ auffällst.« Dann teilt sie die Zeugnisse aus. »So,und jetzt Abmarsch.«

Als ich mit Rick an ihr vorbei aus der Klasse gehe, nimmt sie mich zur Seite. »Da hast du noch einmal Glück gehabt. Ich weiß nicht, warum Direktor Dr. Schmitt so gnädig mit dir ist, aber deine Eltern bekommen noch eine Rechnung von Mrs Mistpickels für die durchnässte Tasche.«

Wir versammeln uns mit den übrigen Fünfern vor der Turnhalle, denn die fünften Klassen sind die erste Gruppe im Buchstabierwettbewerb. Die Sechser kommen nach uns in die Turnhalle, dann die Siebener und so weiter. Wo bleibt Nerdine?

Rita Ranzig führt Rick zu den übrigen Kandidaten, die vor der Umkleidekabine warten: Buchstabierkönig Viktor Vokabel für die 5c; ein Nerdling mit Nerd & Nerd-Brillen-Shirt – für die 5d; Richard Münch – unscheinbar, blass und klein wie Sägemehl – für die 5a; und Rick für meine Klasse 5b.

Die Turnhalle ist geschmückt mit Buchstabengirlanden. Rechts

und links an den langen Seiten stehen Bänke, die eine Seite ist für die Schüler, die andere für die Lehrer und Eltern. An der Stirnwand gegenüber vom Eingang ist ein Podium aufgebaut, auf dem Direktor Schmitt mit dem Mikro wartet. Ebenfalls auf dem Podium stehen vier Stehpulte mit Mikros für die Kandidaten. Davor hängen die Schilder a, b, c, d. Vor der Stirnwand gegenüber sitzt Frau Kastenholz an einem Laptop, der mit einem Beamer verbunden ist – und über ihr ist die Leinwand zu sehen. Auf der steht *BUCHSTABIERWETTBEWERB*.

»Reingehen! Los alle auf die Schülertribüne! Und zwar gesittet und ruhig«, befiehlt Rita Ranzig.

Wir folgen ihr.

Nerdine ist nicht da, sie hat es nicht gepackt. Zu spät.

Direktor Schmitt begrüßt die Kandidaten, als würden die Gladiatoren in Rom ins Kolosseum einmarschieren. Die Musik dazu ist die Titelmelodie von *Indiana Jones*. »Und noch einmal einen tosenden Applaus für unsere Buchstabierakrobaten.«

Ich sitze zwischen Calvin und Alex und sehe selbst durch meine Nerdbrille die anwachsenden Schweißflecken auf Ricks T-Shirt. Hoffentlich funktioniert die Brille. Und hoffentlich hält der Akku.

»Hey, Nerd!«, ruft mir Patrizia aus der ersten Reihe zu. Sie lächelt. Ja, morgen wird sie mich anrufen und wir werden ein Eis essen gehen. So ist es geplant, aber eigentlich warte ich auf Nerdine. Mama, Papa, Sarah und Otto sitzen mir schräg gegenüber auf der Erwachsenentribüne. Ist das peinlich. Ultrapeinlich. Denn stellt euch drei Erwachsene mit Nerdbrillen vor, die nun zu mir rüberzeigen und wie verrückt winken. Ich winke zurück, damit sie aufhören, aber sie winken nur noch stärker.

Es ertönt Direktor Schmitts Stimme: »Es ist mir eine große Ehre, den diesjährigen Buchstabierwettbewerb eröffnen und moderieren zu dürfen.« Da betritt überraschend Nerdine mit einem Tablett die Bühne. Schmitt ist verwundert, aber er lässt es sich kaum anmerken. »Das ist eine überaus nette Geste von unserer mitfühlenden Schülerin Nerdine, die sich um das Wohl unserer Buchstabierkandidaten kümmert.« Nerdine stellt jedem ein Glas Wasser hin. Ich erkenne, wie Rick etwas hinter vorgehaltener Hand von ihr zugesteckt bekommt. Das müssen die Super-Gegenteil-Kapseln sein.

»Das erste Wort richte ich an Jonas Gier aus der 5d.« Es ist Jonas von den Nerdlingen. Ich wusste gar nicht, dass die beiden Designerkinder mit Nachnamen Gier heißen. »Dein Wort lautet: Samthandschuhwaschmittel.« Das klingt schwieriger als es ist und so buch-

stabiert Jonas fließend S-a-m-t-h-a-n-d-s-c-h-u-h-w-a-s-c-h-m-i-t-t-e-l. Während Jonas redet, tippt Frau Kastenholz jeden Buchstaben auf ihrem Laptop, und das Eingetippte erscheint dann auf der Leinwand.

»Bravo, Jonas!«, sagt Schmitt. »Nun zu dir, Rick Schmitt aus der Klasse 5b. Buchstabiere bitte das Wort: Quarkteilchen.«

Die Schweißperlen auf Ricks Stirn haben sich mittlerweile vereinigt und einer der Megatropfen tropft auf sein Mikro. *BUNG!* »Können Sie das Wort bitte noch einmal wiederholen«, fragt er seinen Vater.

»Kein Problem, lieber Rick«, sagt Dr. Schmitt. »Die Spielregel erlaubt eine Wiederholung.«

Gesagt, getan und dann buchstabiert Rick das Wort. Ich habe höllische Angst, dass er das Q als *Kw* buchstabiert. Aber meine Furcht ist unbegründet. Zwar stockend, aber richtig buchstabiert Rick Q-u-a-r-k-t-e-i-l-c-h-e-n!

»Riiiischtiiiisch!«, ruft Hausmeister Bissig, als die Lösung auf der Leinwand angezeigt wird. »Riiischtiiiisch!« Alle starren ihn an, aber dann applaudieren sie, denn keiner hätte Rick zugetraut, ein Wort, das länger als *der, die* oder *das* ist, richtig zu buchstabieren. Einzig Richard Münch aus der 5a scheidet in der ersten Runde aus. Das Wort *Melkmaschine* wird ihm zum Verhängnis.

In der nächsten Runde geht es um die Worte *Pfandleihhaus, Wissenschaftsanalyse* und *Mozzarella*. Keiner der Kandidaten patzt, selbst

Rick bleibt bei M-o-z-z-a-r-e-l-l-a ganz cool. Die Pfusch-Brille scheint zu funktionieren (Melissa Sagemann aus München sei es gedankt!).

Erst in Runde drei muss einer der Kandidaten ausscheiden. Es ist nicht Rick, nicht Viktor Vokabel, sondern überraschenderweise Nerdling Jonas Gier, der *Meerrettich* mit nur einem r buchstabiert. Wütend schlägt er sich gegen die Brust, als wolle er der Brille auf seinem Shirt die Brillengläser einschlagen. Dann hält er sich selbst das L-Zeichen für Loser an die Stirn und lacht über seinen blöden Fehler. Soviel Größe hätte ich von einem Nerdling nicht erwartet und applaudiere.

»Hier sind sie also: Unsere beiden Finalisten.« Direktor Schmitts Blick bleibt lange auf Rick heften, als er dies sagt. Vermutlich kann er selbst nicht glauben, dass sein Sohn so weit gekommen ist. Ich schaue auf die Uhr. Der Akku der Brille hält höchstens 17 Minuten und die sind vor vier Minuten abgelaufen. Es würde einem Wunder gleichen, wenn noch Energie im Gestell vorhanden ist. Aber vermutlich ist es so, denn dass Rick ohne die Pfusch-Brille gerade das Wort R-e-h-k-i-t-z-n-u-c-k-e-l-f-l-a-s-c-h-e richtig buchstabiert, ist unwahrscheinlich. Auch Viktor buchstabiert das Wort q-u-i-e-t-s-c-h-f-i-d-e-l korrekt.

»Solch ein Finale habe ich bisher noch nicht erlebt. Ihr habt es nicht anders gewollt, Jungs. Hier kommen zwei unglaublich schwierige Worte.«

Die Menge ist erstaunt, denn Viktor hat das Wort R-h-y-t-h-m-u-s gleich richtig buchstabiert und Rick soll nun mit *Chihuahua* nachziehen. Und es gelingt ihm. Die Brille kann keine Energie mehr haben. Wie macht er das? Das müssen die Super-Gegenteil-Kapseln sein, denn selbst Otto hätte C-h-i-h-u-a-h-u-a nicht richtig aufsagen können, und der ist selbst ein Hund.

Direktor Schmitt kratzt sich am Kopf und sagt, dass er nun ein Wort nehmen müsse, das eigentlich für die sechsten, ja für die siebten Klassen zu schwer sei. »Aber wir haben es mit zwei Buchstabierkandidaten zu tun, die wahre Sprachakrobaten sind.«

Die beiden stehen nun rechts und links von Direktor Schmitt. Jetzt kommt es nicht nur auf Wissen an, sondern auch auf Geschwindigkeit und Mut. Wer die richtige Antwort zu wissen glaubt, der muss sich melden und darf buchstabieren.

»Hier kommt das Wort der Worte. Es lautet …«, Direktor Schmitt nimmt das Mikro dicht an seinen Mund und sagt nach einer Pause *Mousse au Chocolat*.

Das Publikum hält den Atem an. Hausmeister Bissig schaut zu Rick, schaut zu mir, dann legt er, die Niederlage ahnend, den Kopf in den Nacken und die Hände aufs Gesicht. Nein, das kann Rick nicht schaffen.

»Ich frage euch noch einmal. Wer möchte das französische Wort *Mousse au Chocolat* buchstabieren? Wer traut es sich zu?« Ricks Hand bleibt unten. Genau wie die von Buchstabierkönig Viktor Vokabel, der bislang jedes Wort fehlerfrei herunterschnurren konnte. Dann geht seine Hand doch hoch – und er erhält für diesen Mut schon mal einen Beifall.

»Ja, bitte, beginne«, fordert ihn Schmitt auf.

Viktor lässt sich nicht zweimal bitten: »M-o-u-s-e« – und wird von Schmitt unterbrochen. »Da war leider bereits ein Buchstabe falsch.« Nun schaut er Rick an. »Weißt du, welcher Buchstabe falsch war? Dann hast du die Chance, das Wort zu Ende zu bringen und zum Buchstabierwettbewerbsieger zu werden.

Rick sagt »Ja. Ich werde es versuchen.«

Wieder Applaus!

»Ich bitte um äußerste Ruhe«, beruhigt Schmitt die Menge.

Rick beginnt erneut mit: »M-o-u-s«, und fährt fort, »s-e-a-u-C-h-o-c-o-l-a … und te.« Die Menge schaut auf die Leinwand am Kopfende und der Beifall ist ohrenbetäubend.

Doch irgendwas ist mit Rick los. Er sieht nicht aus wie ein strahlender Sieger. Er nimmt das Mikro seines Vaters und sagt: »Stopp. Ich hatte gedacht, nach dem *t* kommt noch ein *e* als letzter Buchstabe. Und das ist falsch, wie ich sehe. Alle Welt schaut ihn entsetzt an. Wir hatten ihn schon als Sieger beklatscht und nun das! »Ja, Papa. Das war falsch von mir.«

Direktor Schmitt ist perplex und Hausmeister Bissig aus seinem Rollstuhl aufgesprungen. Und sie beide sehen nun, was Rick macht. Er geht auf Buchstabierkönig Viktor Vokabel zu, gibt ihm die Hand und reißt mit ihm gemeinsam den Arm hoch. Eine Sekunde braucht das Publikum noch, um Ricks Geste zu verstehen, dann klatschen sie und trampeln mit den Füßen. Stehende Ovationen für die beiden Gewinner des Buchstabierwettbewerbs. Handys klicken, Blitzlichtgewitter.

Ich schaue hinüber zu Nerdine, die sich freut, wie ich mich freue.

Da Direktor Schmitt nur eine Urkunde hat, trägt er nun feierlich die Namen beider Gewinner auf der Urkunde ein, und Arm in Arm verlassen die neuen Champions die Halle.

Kapitel 47

Echte Freunde und echte Feinde!

Draußen warten bereits die Sechstklässler mit Dr. Bauklo als Betreuer. Für uns Fünftklässler haben genau jetzt die Ferien begonnen. Die meisten stehen noch mit ihren Eltern zusammen in kleinen Grüppchen auf dem Schulhof, nur wenige sind schon weg, um sofort in die Ferien zu fahren. Ich suche in all dem Trubel Mama, Papa und Sarah, finde in der Menge jedoch nur Rick, der strahlend auf mich zufliegt. »Am Ende habe ich von

ganz alleine gewusst, wie die Worte geschrieben werden. Ich brauchte die Brille überhaupt nicht mehr. Das müssen die Kapseln gewesen sein. Danke dir, Nerd. Du bist echt ein Freund. Wie hast du das nur geschafft?«

»Warte, warte«, unterbreche ich ihn. »Ich muss dir was zeigen.« Ich ziehe Patrizias rosa Handy aus meiner Hosentasche.

»Wie kommst du an das Handy?«, fragt mich plötzlich Nerdine. »Ich habe ja gewusst, dass du mit ihr geredet hast. Aber woher hast du das …« Ich habe Nerdine nicht kommen sehen. Sie ist sauer – extrem sauer.

»Ich will doch gar nicht Patrizia«, sage ich. »Das musst du mir glauben.«

Dann sehe ich Ricks Blick. Auch er ist geschockt.

»Oh, Mann. Es ist doch egal, warum ich es habe. Wichtig ist nur, dass du es jetzt nimmst, Rick.« Ich gebe es ihm und sage: »Patrizia wird dich gleich anrufen, sie will mit dir Eis essen gehen.«

»Echt?«

»Ganz echt.«

Er umarmt mich wieder. Über seine Schulter hinweg sehe ich Sarah, die mich anlächelt. Aber hinter ihr kommen Alex, Tom und Darwin. Gerade noch standen sie mit ihren Eltern am Eingang zur Turnhalle, und jetzt spricht mich Alex schon an: »Hey, hey, hey. Da ist er ja, der Klub der Weicheier. Wer hätte das von dir gedacht, Nerd.«

»Was meinst du damit?«

»Wie konntest du nur diesem Versager Rick helfen? Wie doof musst du sein?« Er redet über Rick, aber er würdigt ihn keines Blickes. Tom und Darwin schauen mich abfällig an.

»Was soll das? Mach meinen Freund nicht an«, stellt sich Rick zwischen uns.

»Lass gut sein«, sage ich. »Unser Alex will der neue Boss sein. Stimmt's Alex?«

Doch der macht nur noch eine abfällige Handbewegung. »Lasst uns gehen, Jungs. Die Nerds sind es nicht wert.«

Die drei ziehen ab. Endlich! Und eigentlich möchte ich denen nie mehr begegnen, jedenfalls nicht mehr in diesem Leben. Aber das hier ist eine Schule und wir stehen mitten auf dem Schulhof. Und in einer Schule läufst du den Leuten immer über den Weg, ob du willst oder nicht! Denn im nächsten Jahr sind wieder alle am Start.

Aber jetzt klingelt erstmal Patrizias rosa Handy, und Rick starrt darauf, als würde es gleich explodieren.

»Geh ran, Rick – und viel Spaß mit ihr«, sage ich.

»Und du?«, fragt er noch.

»Ich suche meine Eltern.«

Kurz darauf gehen Nerdine und ich durch die Menge, aber von meinen Eltern fehlt jede Spur. Es ist, als wären sie vom Erdboden verschluckt.

»Wo sind eigentlich deine Eltern?«, möchte ich von Nerdine wissen. Doch die gibt mir keine Antwort, sondern fragt: »Woher hattest du nun wirklich Patrizias Handy?«

»Sie hat es mir einfach gegeben, weil …«

»… sie dich gut findet?«

»Weiß ich nicht. Aber sie passt nicht zu mir. Das kannst du mir glauben.«

Nerdine schaut mich mit großen Augen an und legt sich wieder ihr kurzes Haar hinters Ohr. »Wie meinst du das, Nerd?«

Ich weiß nicht genau, wie ich das meine. Und ich weiß nicht, was passiert wäre, wenn nun nicht Otto auf uns zugeschossen wäre. »Hey, Otto. Wo ist Sarah?«

»Habt ihr einen Mops? Der ist ja süß«, sagt Nerdine und streichelt ihm sofort über den Kopf.

»Du kannst ihn sehen?«

»Warum sollte ich ihn nicht sehen können?« Otto wirft sich auf den Rücken.

»Er liebt es, am Bauch gekrault zu werden«, sagt Sarah, die mit meinen Eltern auftaucht.

»Könnt ihr ihn auch sehen?«, frage ich Mama und Papa.

»Was soll die Frage?«, will Mama wissen. Sie schauen auf Otto runter und lachen.

Sarah meint: »Den kann doch keiner übersehen, so süß ist er. Was sucht er denn in deiner Tasche?« Tatsächlich springt Otto nun an Nerdine hoch und schnuppert an ihrer Hosentasche. Sie holt daraus ein Tütchen mit Kapseln.

»Wo hast du die denn her?«, fragt Papa. »Die waren doch vergangenes Jahr im Superman-Heft Nr. 27. Die sind eine absolute Rarität.«

»Ich weiß«, sagt Nerdine und schaut mich dabei schelmisch an. »Dabei bestehen sie nur aus Liebesperlen, versammelt in einer Kapsel.« Und dann bietet sie mir eine an.

Ich weiß, dass es für einen Jungen in meinem Alter nicht gerade cool ist, wenn er noch Liebesperlen isst, aber zumindest sind sie in einer kryptonischen Super-Gegenteil-Kapsel versteckt. Und ich nehme gleich zwei, denn ich brauche Mut und Kraft für mein nächstes Abenteuer. Ach ja, Otto! Warum er jetzt bei uns

lebt und selbst Mama und Papa ihn sehen können? Die Lösung heißt *Liebe!* Denn Otto hat in Supernerv-Extreme-Sarah endlich eine treue Seele gefunden, die ihn wirklich mag. Und selbst der schlimmste Piranhavater hat ja am Ende ein weiches Herz, wenn er Liebe findet. Warum sollte es also bei einem kleinen Mobber-Mops anders sein?

Lincoln Peirce

Super Nick

Bis später, ihr Pfeifen!

224 Seiten, ISBN 978-3-570-22355-0

Nick ist für was Großes bestimmt. Was WIRKLICH Großes! Okay – für was genau, ist noch nicht ganz klar, aber Nick ist auf dem besten Wege, das herauszufinden. Nur blöd, dass er immer noch dazu gezwungen ist, seine Zeit und sein Talent in der Schule mit unsinnigen Fakten zu vergeuden … Damit die stressigen Lehrer, die nervigen Eltern und die Streberschwester ihn endlich in Ruhe lassen, gibt's nur eines: Nick muss seine wahre Berufung finden! Dabei ist das Schicksal auf seiner Seite, denn als sein neuester Glückskeks-Spruch verheißt: »Heute wirst du alle übertreffen«, erlebt Nick glatt die Krönung …

40118

www.cbj-verlag.de